Personne n'a peur des gens qui sourient

DU MÊME AUTEUR

Le Sommeil des poissons, Le Seuil, 2000 ; Points, 2013.

Toutes choses scintillant, Éditions de l'Ampoule, 2002 ; J'ai lu, 2005.

Les hommes en général me plaisent beaucoup, Actes Sud, 2003 et Babel, 2005 ; J'ai lu, 2010.

Déloger l'animal, Actes Sud, 2005 et Babel, 2007 ; J'ai lu, 2009.

La Très Petite Zébuline (illustrations de Joëlle Jolivet), Bourse Goncourt du livre jeunesse, Actes Sud Junior, 2006.

Et mon cœur transparent, prix du livre France Culture-*Télérama* 2008, Éditions de l'Olivier, 2008 ; J'ai lu, 2009.

Ce que je sais de Vera Candida, prix Renaudot des lycéens 2009, prix Roman France Télévisions 2009, Grand Prix des lectrices de *Elle* 2010, Éditions de l'Olivier, 2009 ; J'ai lu, 2011.

Des vies d'oiseaux, Éditions de l'Olivier, 2011 ; J'ai lu, 2013.

La Salle de bains du Titanic, J'ai lu, 2012.

La Grâce des brigands, Éditions de l'Olivier, 2013 ; Points, 2014.

Quatre Cœurs imparfaits (illustrations de Véronique Dorey), Éditions Thierry Magnier, 2015.

Paloma et le Vaste Monde (illustrations de Jeanne Detallante), Pépite du meilleur album, Actes Sud Junior, 2015.

Soyez imprudents les enfants, Flammarion, 2016 ; Points, 2018.

À cause de la vie (illustrations de Joann Sfar), Flammarion, 2017 ; J'ai lu, 2018.

VÉRONIQUE
OVALDÉ

Personne n'a peur des gens qui sourient

ROMAN

J'AI LU

I

Le recours aux forêts

1

Gloria était prête depuis tellement longtemps que lorsqu'elle a pris sa décision elle a eu besoin d'à peine une heure pour tout emporter, attraper les passeports, les carnets de santé, le Beretta de son grand amour, choisir deux livres pour Stella dans la pile des livres à lire, deux peluches de Loulou ainsi que sa peau de mouton préférée, retrouver le Master Mind au milieu du foutoir de la chambre de Stella, emballer une paire de chaussures pour chacune d'entre elles, brosses à dents, doliprane, thermomètre, peigne à poux et habits chauds. Il ferait froid là où elles allaient et les petites n'avaient jamais eu froid de leur vie.

Elle a fermé les volets côté sud comme elle le faisait toujours dans la journée – elle se doutait qu'il passait régulièrement devant l'immeuble. Elle voulait que tout ait l'air absolument normal. Ça leur laisserait quelques heures d'avance.

Ce matin-là elle avait déposé Loulou devant son école et Stella était partie en bus avec ses copines et il n'avait pas fallu qu'elle pense à ce qu'elle allait leur imposer dans la journée et dorénavant. Il n'avait pas fallu qu'elle pense que c'était la dernière fois que Stella voyait ses copines alors que celles-ci avaient pris toute la place dans sa vie et qu'elle passait son temps à les raccompagner chez elles puis à être raccompagnée par elles. Dès la porte de l'appartement franchie, elle commençait à échanger avec ses amies sur son téléphone portable (c'est toi qui raccroches, non c'est toi, raccroche, non non c'est toi qui raccroches, on raccroche à 3, et après on s'écrit), considérant de plus en plus que ce qui se déroulait dans cette maison ne la concernait en aucune façon.

Gloria a appelé l'école de la petite et le collège de la grande. Elle a dit qu'un incident familial était survenu et qu'elle devait récupérer les filles dans la demi-heure. On la connaissait. On savait que la vie des filles n'était pas toujours facile. On a autorisé.

Puis Gloria a déposé son téléphone portable allumé sur le comptoir entre la cuisine et le salon, elle a regardé autour d'elle, sac sur le dos, valise à roulettes à ses pieds, valise si énorme qu'elle était comme un cargo disproportionné dans ce petit appartement. Malgré la situation elle s'est aperçue qu'elle appréciait cette sensation de « jamais plus », ça donnait un goût spécial au moment qu'elle vivait là, c'était comme une chance que l'on s'accordait, tout ce fantasme de deuxième vie, qui n'en a pas rêvé, elle a tourné sur elle-même, pendule, dessins au mur, magnets sur le frigo, CD, monstre phosphorescent au-dessus de la télé, et la vaisselle sur l'égouttoir qui finirait par se fossiliser,

Pompéi, voilà ça lui faisait penser à Pompéi, tout ce qui avait constitué leur vie depuis si longtemps allait rester immobilisé, tout allait devenir si poussiéreux, si moisi, si duveteux que ce serait comme une fourrure qui recouvrirait les choses.

Elle est descendue et elle est passée par la porte latérale de l'immeuble, celle par laquelle on sort les poubelles, elle a laissé la valise dans le local à poussettes. Elle est allée chercher la voiture qu'elle avait garée deux rues plus loin, et non pas dans le parking souterrain comme d'habitude, elle s'est arrêtée devant la porte, elle a récupéré la valise en vitesse, activé le téléphone portable à carte qu'elle avait acheté la veille. Et elle est partie récupérer les filles.

Elle a commencé par Loulou. C'était plus simple. Il était dix heures et demie. Une heure avant la cantine. Loulou aurait faim mais elle serait de toute façon plus aimable – plus compréhensive ? plus clémente ? plus confiante ? – que Stella. Loulou était en effet montée dans la voiture en racontant ses histoires de petite fille de six ans, comme si sa mère avait coutume de venir la prendre en pleine matinée à l'école et que ce genre d'événement ne risquait pas d'interrompre son discours incessant. Elle a parlé d'une soirée pyjama prévue pour la semaine suivante, de Sirine qui l'avait poussée dans la cour, et puis de ses deux dents du haut (il y en avait possiblement une troisième) qui allaient tomber et de sa peur de les avaler si le décrochage se produisait pendant son sommeil. Elle a informé sa mère qu'elle préférait les nombres pairs parce que, dans les nombres impairs, il y en a toujours un qui reste tout seul. Elle a continué de babiller, attachée à l'arrière sur son rehausseur, regardant par la fenêtre le bord de mer et les palmiers.

« On va chercher ta sœur », a dit Gloria. Et Loulou a encore une fois eu l'air de trouver cela absolument normal.

Stella, comme sa mère le craignait, n'était pas du tout dans le même état d'esprit. Elle a mis du temps à sortir de cours. Gloria faisait le pied de grue devant la guérite du gardien du collège, elle savait ce que le jeune gardien pensait d'elle, il avait les yeux vrillés sur son décolleté, c'était à cause du 95 E, il en voyait pourtant des jolies filles qui s'ébattaient à moitié nues dans ce collège, c'était difficile à imaginer qu'il puisse trouver du charme à quelqu'un comme elle, une femme qui avait déjà fait un sacré bout de chemin, une femme d'expérience, c'était difficile à concevoir à cause de la proximité et de l'effervescence des hormones toutes nouvelles qui bouillonnaient derrière les murs du collège, ces hormones qui envoyaient des messages d'urgence à qui voulait bien les capter, « Sortez-moi vite d'ici, arrachez-moi à cette vie, je suis prête à vous suivre de l'autre côté de la Terre. » Difficile à concevoir mais pas impossible.

Stella est finalement arrivée, elle a traversé la cour jusqu'à la grille, sublime et fatigante, traînant les pieds le plus lentement possible, déjà voluptueuse, acné sur les tempes, nuque dégagée par un chignon à l'emporte-pièce, chevelure bicolore (elle avait été une enfant blonde et elle devenait brune), chevelure si longue qu'elle constituait un élément à part de sa personnalité quand elle la lâchait. Tee-shirt noir, pantalon noir et baskets blanches gribouillées au feutre. Gloria s'est dit, Il faut que j'arrête de dire *les petites*, Stella n'a plus rien d'une petite, et elle remarque une nouvelle fois combien sa fille semble encombrée par ce corps qui se métamorphose sans lui demander son avis.

Cependant, à cet instant précis, Gloria a surtout envie de la secouer.

« On est pressées », dit-elle, la mâchoire contractée.

Stella, de derrière sa frange, avec son sac d'école recouvert de messages au Tipp-Ex balancé sur l'épaule la plus basse (quelle étrangeté ces épaules qui forment presque une ligne diagonale à elles deux), ce sac d'école qui n'allait plus lui servir à grand-chose dans les mois à venir et qui deviendrait lui aussi une sorte de mini-Pompéi, mais bien entendu elle n'en avait pas la moindre idée à ce moment-là, comment aurait-elle pu savoir, Stella a dit :

« C'est quoi encore, ce bordel ?

— Ta sœur nous attend », comme si ça pouvait être une réponse.

Stella a suivi sa mère jusqu'à la voiture et elle a voulu monter à l'avant mais il y avait l'énorme sac à dos de Gloria à cette place-là.

« Assieds-toi plutôt derrière avec ta sœur.

— Mais tu peux pas le mettre dans le coffre ?

— Va avec ta sœur. On a de la route. Elle pourra se reposer contre toi. »

Stella est montée à l'arrière en soupirant. C'était sa nouvelle façon de communiquer, soupirs et haussements d'épaules. Loulou lui a proposé des chips. Stella a refusé d'un signe de tête.

Gloria s'est installée au volant, elle a tendu la main par-dessus son épaule :

« Ton téléphone. »

Stella a froncé les sourcils mais elle était assez perspicace pour comprendre que lui arracher son téléphone n'était pas un caprice de sa mère. Elle a eu l'air inquiète tout à coup. Elle l'a donné à Gloria.

« Il se passe quoi. Tu nous emmènes où ? »

Et Gloria s'est dit, Ah oui, c'est vrai, ça ne va pas être simple. Il va falloir que je lâche deux trois choses pour que Stella accepte de venir avec nous sans hurler. Il va falloir que je leur raconte d'où tout cela est parti.

2

Quand Gloria vit Samuel la première fois, elle pensa, En voilà un qui n'est pas le moins du monde à ma portée.

Elle avait dix-sept ans et elle était serveuse sur le port à La Traînée (pas la traînée pour la catin mais la traînée en tant que force de résistance aérodynamique et hydrodynamique d'un bateau, entendons-nous bien). Le bar appartenait à son oncle, qui n'était pas le frère de son père, ni le frère de sa mère, mais elle l'appelait Tonton depuis toujours. Il l'avait embauchée en l'informant clairement que c'était à cause de feu son père. Il n'y avait pas de raison qu'il lui précise cela. Elle était aussi habile que les autres filles, pas moins solide, pas moins aimable, elle savait se débrouiller avec les affreux et les ivrognes, elle était assez dégourdie pour filtrer avec élégance et conviction les coups de fil importuns (si la femme du vieux Momo appelait, elle lançait à la cantonade, tout en regardant Momo droit dans les yeux, « Quelqu'un a-t-il vu Maurice Fernandes aujourd'hui ? »), elle était à elle seule bien plus maligne que la totalité des cerveaux additionnés dans le bistrot. Mais c'était la manière qu'il avait eue, Tonton Gio (il s'appelait Giovannangeli), de lui dire de ne pas espérer plus que ce qu'il lui accordait là, et qu'elle devrait lui être à jamais redevable de sa faveur. En fait c'était encore plus compliqué – il y avait un degré supplémentaire dans la complexité de leurs rapports. Tonton Gio l'aimait bien, il l'aimait bien depuis toujours (nous reparlerons de l'enfance de Gloria). Il avait été l'associé du père de Gloria dans La Traînée et d'autres petites affaires, mais il voulait qu'elle comprenne qu'elle ne bénéficierait d'aucun traitement de faveur et que cela permettrait aux autres employés de se sentir sur un pied d'égalité avec elle. Ce qui rendrait la vie plus facile à Gloria. Et à lui, accessoirement.

La Traînée n'était pas le genre de bar feutré tout en teck où l'on sirote des cocktails acidulés et pétillants (ombrelles, rondelles de citron vert, feuilles de menthe, etc.), immergé dans une lumière tamisée et une sélection musicale tempérée, assis en équilibre sur des tabourets de bar, à tuer le temps en jetant des regards en biais alentour, l'air absent et la jambe croisée bien haut. Rien à voir. La Traînée était un bistrot pour type qui revient du boulot ou pour poivrot basique sans domicile ni objectif précis. Il y avait aussi des clientes. Même profil que les mâles.

On y servait des pizzas à l'heure des repas. Ça sentait le charbon de bois, l'origan et la bière. Le véritable exploit c'était l'absence de plastique : un baby-foot, des tabourets, des miroirs piqués, du sapin du sapin du sapin et du carrelage. C'est tout juste s'il n'y avait pas de la sciure au sol.

Tonton Gio était l'un de ces hommes à calvitie et catogan qui portent des lunettes de vue à verres photochromiques (style pilote d'hélicoptère, verres jaunâtres qui font ressembler la planète à un astre mort), des chemises en lin froissées par-dessus des shorts multipoches, et qui se trimbalent en ville avec un petit sac en cuir pendu à l'épaule droite où ils mettent leurs papiers d'identité, leur clé de voiture et leurs pilules pour le cœur. À une autre époque il aurait tout fourré dans une banane qui aurait pendouillé sous sa bedaine. Ayant échappé (renoncé) à la banane (et à la bedaine), il était du genre à trouver élégant son petit sac à l'épaule.

Tonton Gio possédait d'une part La Traînée, d'autre part un bateau de pêche et, enfin, la plus grande collection de boîtes à musique du monde conservée par un particulier (d'après lui). Il avait même confessé à son ami, le père de Gloria, à la lointaine époque où ces confidences vantardes et avinées étaient leur lot commun, qu'il détenait un œuf de Fabergé en cristal de roche contenant un buisson de roses au centre duquel, lorsqu'on ouvrait l'œuf, apparaissait un groupe d'oiseaux chantants et virevoltants. Des mésanges si je ne m'abuse. (Je reste sceptique concernant cette histoire d'œuf de Fabergé : il semblerait que cet œuf mythique ait disparu, carbonisé, lors de l'incendie du 11, rue Simon-Crubellier dans le 17e arrondissement de Paris en décembre 1925.)

Tonton Gio, dans son actuelle posture moralisatrice, ne mangeait rien de ce qu'on servait dans son propre établissement, il aimait mieux partir en mer presque chaque matin à l'aube et rapporter pour ses repas un bar (même si les prédateurs à longue vie le rendaient méfiants : ils sont bourrés de mercure, ces bestiaux-là) ou alors un maquereau ou bien une poignée d'éperlans, il buvait du thé vert enfermé dans son bureau, des litres de thé vert, un thé japonais biologique et certifié qu'il recevait une fois par mois par colis – un colis de foin, disait Gloria, qui pensait que le thé était une boisson de vieillard au même titre que la Suze ou la verveine. Il avait essayé de convertir Gloria à sa vision des choses. Mais il avait bien senti qu'à dix-sept ans elle préférait manger les pizzas merguez-quatre fromages qui sortaient du four de La Traînée plutôt que de grignoter un filet de poisson cuit à la vapeur accompagné d'un thé parfaitement infusé.

Il n'avait confiance en personne mais il était sentimental, il avait un faible pour la fille de son vieil ami imprudent – on n'a pas idée de continuer de fumer en étant autant informé sur le cancer du poumon, avec tous ces appels à la vigilance et les lobbys des marchands de tabac et l'argent que ça rapportait à l'État et tout le toutim.

Gloria avait arrêté l'école en seconde. Elle avait seize ans. Son père venait de mourir. Elle l'avait fait inhumer dans une tombe au cimetière de Vallenargues loin du caveau de famille – la mère de son père avait choisi, malgré sa vie passée sur cette rive de la Méditerranée, d'être enterrée au village au milieu de la châtaigneraie. Ce qui faisait de lui le premier Marcaggi à devenir terreau puis poussière dans les sous-sols du continent. Il avait dit, « Avec ce que j'ai comme napalm dans les veines, les vers me boufferont pas. » Il parlait de la chimio. En fait Gloria savait qu'il avait toujours eu peur du feu, que l'idée de la crémation ne le tentait pas, et quant à rapatrier sa dépouille en Corse peu lui chalait.

Elle avait évidemment suivi les consignes.

Sa mère n'était même pas venue à l'enterrement.

Alors Gloria s'était dit, Très bien, puisque c'est comme ça je vais me débrouiller toute seule. Étrangement cette situation ne l'avait pas plongée dans des affres d'affliction, elle s'était bien sûr sentie soustraite par la mort de son père (on me retire un morceau de moi-même, mais où donc est passé ce morceau ? et que vais-je faire de cet espace vacant ?), lui qui était demeuré, fidèle, auprès d'elle pendant toutes ces années (depuis que la mère de Gloria avait choisi de se carapater avec son dentiste), elle l'avait vu ne pas se remettre du départ de sa femme, comment est-ce possible d'ailleurs, on nous répète tellement de fois que le temps joue en notre faveur quand nous vivons un deuil ou une rupture brutale, eh bien, sachez qu'il y a des gens pour lesquels le deuil est infini et que s'ils choisissent de rester en vie, c'est qu'ils ont la responsabilité de quelqu'un, d'un enfant en général, mais que franchement si ce n'était pas le cas, si leur absence définitive n'allait peser que très légèrement sur les épaules de quelqu'un, si on leur en laissait le choix, ils déclareraient forfait, se pendraient au fond du jardin ou passeraient toute la nuit dehors avec deux bouteilles de vodka sous le coude puis dans l'estomac alors qu'il fait moins quinze (ce qui est, cela dit, difficile à mettre en pratique rapidement et économiquement quand on habite Vallenargues face à la Méditerranée).

Quoi qu'il en soit Gloria s'était retrouvée seule et mineure, mais comme sa mère était toujours de ce monde, elle contrefaisait sa signature à chaque injonction administrative. On la laissait tranquille dans le cabanon bleu (un cabanon vraiment bleu, peint par son père une bonne dizaine d'années auparavant, un bleu plutôt cyan, dirais-je, une couleur claire et lumineuse et un tout petit peu trop verte – pour un bleu). En fait si son père disait « le cabanon », c'était parce que le bois entrait majoritairement dans la fabrication de cette petite maison et que celle-ci était située face à la mer. En montagne il aurait dit le chalet, et en banlieue, le pavillon.

Et puis, il y avait Tonton Gio qui pouvait intervenir s'il y avait le moindre problème, même si sa fréquentation parvenait à vous rendre légèrement paranoïaque. Il avait tendance à divaguer complot mondial et invasion par le large : il s'installait régulièrement sur les quais du port de Vallenargues, assis sur son pliant, afin de surveiller l'horizon avec ses jumelles. Il avait depuis peu remplacé ses pilules pour le cœur par des comprimés d'iode stable à prendre en cas d'accident nucléaire – il ne disait pas accident nucléaire mais « rejet massif de radionucléides dans l'environnement ». Il s'enfermait dans son bureau pour écouter des émissions sur l'effondrement de la société, l'expansion de l'Univers ou les dérèglements hormonaux. Il adorait les enquêtes sur les phénomènes paranormaux, même si elles étaient au final toujours un peu décevantes.

Il était, pensait Gloria, gentiment timbré.

De son côté Gloria était astucieuse et bagarreuse, elle n'avait pas peur de la solitude, elle la cultivait même avec un certain talent. Elle était du genre à dire tout haut, Beau travail, ma fille, quand elle rentrait du supermarché ou passait un coup d'aspi. Elle ne s'était jamais plu à la fréquentation des autres, aussi bien lorsqu'elle était enfant qu'adolescente, les filles étaient des connasses sournoises et les garçons des bonobos lubriques, elle trouvait tout ce petit monde bruyant et ennuyeux, il ne lui serait pas venu à l'esprit d'examiner les individus, elle accablait les gens qu'elle ne connaissait pas de généralités, et il lui paraissait vain de passer autant de temps à nouer et alimenter des relations. Elle n'avait jamais compris ceux qui ne savaient pas déjeuner seuls à la cantine et choisissaient de s'attabler avec des personnes qu'ils appréciaient très modérément plutôt que de s'asseoir à l'écart, en toute tranquillité, avec leur plateau en mélaminé. Si elle ne s'aimait pas beaucoup, elle se préférait encore aux autres. Ce qui est une posture qui vous sépare de manière certaine de vos contemporains. Il n'est pas exclu qu'elle estimât que son goût pour la solitude fût une preuve de supériorité. Cette posture l'avait d'ailleurs entraînée à mettre au point tout un tas de façons de contrer les idées noires – les idées noires étant un inconvénient collatéral à l'isolement.

(On n'est jamais assez pourvu en bonnes recettes contre les idées noires, en voici donc quelques-unes expérimentées et approuvées par Gloria Marcaggi : écouter très fort la bande originale du film *Les Blues Brothers* ou les *Gymnopédies* de Satie ; danser dans le salon, les bras en l'air et les cheveux dans les yeux, en sautillant tant et plus sur le tube du moment et en se délectant de la torpeur dans laquelle vous plongent les ricochets répétés du cerveau contre la boîte crânienne ; boire de l'eau gazeuse glacée en se balançant sur un siège à bascule et en lisant un bon polar ; fumer sur le perron du cabanon en regardant le soleil se coucher dans la mer et en assistant à l'étourdissant spectacle des martinets qui frôlent la surface de l'eau et poussent des cris suraigus ; prendre un bain dans la baignoire sabot du cabanon, jusqu'à ne plus reconnaître les limites de son propre corps, chérir cette impression de se dissoudre, y trouver une forme de langueur et d'apaisement (mais SURTOUT ne pas regarder son corps dans le miroir en sortant du bain, car cela suffirait à anéantir tout le bénéfice de cette heure passée dans l'eau chaude – soit votre corps ne vous plairait pas, soit vous seriez désespérée d'être la seule à le voir nu) ; soigner les plantes vertes neurasthéniques du perron, élaguer, abreuver, chantonner ; aller au cinéma en pleine journée et en pleine semaine et s'asseoir tout à fait au milieu de la salle vide, cinquième rang, huitième fauteuil, prendre ses aises en éparpillant ses affaires sur les quatre sièges adjacents, ce qui est une forme particulière du luxe ; grignoter une tablette de chocolat noir 83 % achetée dans une boutique très chic, et qu'on vous a glissée dans un sac en papier au toucher velouté avec poignées en cordelettes blanches, parce qu'une tablette de chocolat, même sublime, demeure en général un plaisir tout à fait accessible ; se plonger dans la mer si fraîche du matin, nager très peu de temps, uniquement pour sentir sa chevelure tourbillonner, peser, vriller, et enfin rejaillir de l'eau, le crâne aussi lisse et noir que celui d'une otarie des Kerguelen, puis s'allonger sur la plage, les bras en croix, écouter le bruissement du ressac et la rumeur du sable qui jamais ne se fige, et ainsi se sentir aussi légère qu'un akène de pissenlit ; dévaler à toute allure la corniche en juillet juchée sur sa Vespa en écoutant les Buzzcocks à fond dans les écouteurs ; manger quelque chose de très pimenté, recouvrir sa pizza de tabasco, déguster un plat du bout du monde qui incendie le corps, un plat qui n'existe pas ; boire du gin mélangé à un tout petit peu de limonade mais là, vraiment, on parle d'un dernier recours – le lendemain vous vous sentiriez plus triste que jamais, mais parfois il valait mieux régler leur compte aux idées noires dans l'instant, et adviendrait que pourrait.)

Elle était allée voir son père tous les jours tant qu'il était resté à l'hôpital Pasteur, elle lui lisait les nouvelles ou lui apportait les mots fléchés du journal télé, elle les faisait pour eux deux, il n'avait plus la force de tenir un stylo, ses annonces, « Cru et salé en cinq lettres », rythmaient leurs après-midi derrière les stores, il faisait si chaud, elle assise dans le fauteuil gris craquelé qui collait aux cuisses, pieds à plat sur le lino gondolé, et lui à moitié allongé sur son lit de douleur, verre d'eau tiède et sonnette à portée de main. Il lui avait dit, « Viens me voir mais ne me regarde pas. Je ne veux pas que tu te souviennes de moi sans cheveux ni sourcils », et Gloria lui avait répondu, « Je t'interdis de mourir », il avait ri et il avait été pris d'une quinte de toux.

Il lui avait parlé de l'argent qu'il avait à la banque et de l'avocat qui s'occuperait de tout jusqu'à sa majorité. Elle s'était dit, Pourquoi un avocat ? Mon père a donc besoin d'un avocat ? mais elle avait seulement répondu, Je t'interdis de mourir.

Il avait fini par y laisser sa peau. Et au début, Gloria lui en avait voulu. Ça la soulageait d'être en colère. Elle tempêtait dans leur cabanon bleu face à la mer, elle gueulait comme un putois, elle pleurait et buvait du gin coupé à la limonade. Au fond ça l'empêchait de se laisser aller sur le flanc comme un vieux cheval. Et puis il avait fallu régler deux trois choses, la mort et son cortège d'obligations, Tonton Gio l'y avait aidée. Ils avaient enfreint pas mal de lois – elle était mineure, il n'était pas du tout de la famille.

Mais ils avaient réussi à le faire inhumer et à faire graver en doré nom, dates de début et de fin, agrémentés d'une jolie formule qui plaisait tant à son père et dont Gloria avait hérité « Advienne que pourra ».

Après cela elle avait constaté qu'elle pouvait vivre avec l'absence de son père comme si elle avait endossé chaque matin un châle transparent fait de son émotion, ou bien un habit qu'elle aurait été la seule à voir scintiller, un habit qui aurait été incroyablement léger mais solide, une cote de la maille la plus fine qui l'aurait protégée comme une armure invisible.

Elle avait déclaré qu'elle ne retournerait pas à l'école, aussi Tonton Gio lui avait-il accordé ce boulot de serveuse à La Traînée. Il n'était pas du genre à insister sur la nécessité de continuer à aller au lycée, il avait tendance à considérer que l'Éducation nationale était composée d'un ramassis de crevures (élèves comme profs) et que participer à cette mascarade était plus dangereux (ramollissant et intoxicant) qu'autre chose. Gloria se disait que dans un futur plus ou moins proche elle pourrait toujours prendre des cours par correspondance, cette idée lui plaisait, étudier seule et ne communiquer qu'avec des professeurs invisibles, elle s'installerait sur la table du cabanon, ou dans une bibliothèque avec un casque sur les oreilles et les sourcils froncés pour que personne ne songe à l'interrompre, elle aurait d'abord son bac puis elle ferait des études de philosophie ou d'histoire de l'art, ou alors d'informatique, elle ne savait pas bien.

Tonton Gio aimait le côté solide de Gloria. Il disait que c'était nécessaire pour travailler à La Traînée. Ou pour demeurer en vie de manière générale. Il répétait depuis toujours qu'elle était « costaude » (on disait à Vallenargues que les fillettes étaient costaudes quand elles semblaient pleines de vitalité, c'était censé être un compliment). Devenue adolescente, Gloria était restée petite, très petite (les vieux disaient tout le temps que les nouvelles générations étaient immenses et poussaient comme des palmiers, donc en restant petite, vous aviez l'impression d'avoir loupé le train de la modernité), elle avait des hanches larges, une taille fine et une forte poitrine. Un physique de muse XIXe siècle du haut de la rue Lepic. Ne croyez pas qu'elle jugeait cette complexion avantageuse. Elle détestait sa poitrine et tout ce qui allait avec. Comment avoir l'air raffinée ou intelligente avec des seins pareils. Elle avait l'impression de ressembler à une fille de la cambrousse. Ou à une fille pauvre. (Ou à son arrière-grand-mère.) Il n'y a que ce genre de personne pour avoir les jambes pleines de bleus, la poitrine lourde, les joues rouges et les chevilles qui gonflent dès qu'il fait chaud. Comment perdre son air de famille ? Elle portait ses seins à l'instar de toutes les femmes Schalck : comme une fatalité. Ce qu'elle aurait aimé, c'est être l'une de ces filles anémiques dont on voit les clavicules à travers le tissu de la robe, qui ont une ossature de chardonneret et des yeux miroitants de princesse de manga.

Elle avait logiquement pensé à s'affamer, mais travailler à La Traînée avait suffi à la transformer en une jeune personne mince et musclée – mais toujours avec de gros seins et une stature ridiculement hors norme. Et ce que Samuel vit en premier quand il entra dans le bar, ce fut cette fille si petite et si souple que vous aviez envie de la plier méthodiquement afin de la mettre au fond de votre poche et de l'emporter au bout du monde, la garder toujours auprès de vous, comme une mascotte, une merveilleuse mascotte aux cheveux noirs assez lisses pour qu'ils en paraissent liquides. Et vous auriez pu la déplier, votre petite mascotte parfaite, et elle se serait dépliée à l'endroit qui vous aurait le mieux convenu à *tous les deux*, parce qu'on voyait bien qu'on n'obtiendrait jamais d'elle qu'elle accepte d'entrer dans votre poche et de se déplier à l'endroit qui vous siérait le plus si vraiment elle n'y voyait pas d'avantages. Elle avait un regard intense et sombre, et sa peau était aussi blanche que l'intérieur de l'écorce d'un citron, c'était renversant. Samuel pensa, En voilà une qui n'est pas le moins du monde à ma portée.

(Je ne cesserai jamais de m'étonner de la manière dont on perçoit l'autre *la première fois*, l'autre qu'on aimera plus que tout, l'autre qu'on aimera imprudemment, totalement, tragiquement, cette manière de craindre qu'il devine combien nous sommes minuscules et vulnérables même s'il ne nous a pas vus enfants quand nous pleurnichions avec notre genou écorché, il ne nous a pas vus souffrir d'être le dernier choisi dans l'équipe de volley-ball, il ne nous a pas vus nous bagarrer à l'école parce qu'on se moquait de notre coupe de cheveux. Cette manière qu'on a d'être tétanisé face à l'autre qu'on aimera plus que tout, et de ne pas se rendre compte un seul instant qu'il est aussi effrayé que nous, est une chose qui me bouleverse.)

3

« Et donc on ne va pas revenir ?
— Pas tout de suite.
— Et on ne peut prévenir personne ?
— Pour le moment non.
— Même pas Sarah ? »

Elles sont en voiture toutes les trois, Gloria a acheté sur une aire d'autoroute un nouveau doudou pour la petite qui du coup entretient depuis une heure une conversation ininterrompue avec un chaton orange et bleu.

Avec Stella c'est plus difficile. Gloria adorerait lui administrer une piqûre hypodermique pour qu'elle se taise et cesse de soupirer tout le long du chemin depuis qu'elle a compris qu'elle ne pourrait même pas contacter sa meilleure amie. Elle se souvient des voyages en voiture avec Stella quand elle était toute petite et que Samuel était encore là et qu'ils partaient tous les trois en virée – Loulou n'était pas née. Ils lui installaient un lit avec des couvertures sur la banquette arrière, des coussins au sol pour qu'elle ne tombe pas, elle n'était pas attachée avec la ceinture de sécurité car ce qui leur paraissait le plus important c'est que Stella ait l'impression de ne pas avoir bougé de son lit.

Elles remontent vers le nord. La végétation se transforme. Elle se densifie et verdit mais elle est plus triste et terne aussi, c'est sans doute à cause de la lumière qui change quand on s'éloigne de la mer et de l'Afrique, Gloria se demande si elles vont tenir dans cette opacité, elle se souvient de la maison de Kayserheim où elle va les installer et où elle passait toutes ses vacances, et il lui semble effectivement que la maison est très sombre, presque ténébreuse, mais que cette sensation est peut-être due à la forêt qui l'encercle. Peut-être aussi qu'elle était une petite fille émotive vivant encore avec deux parents qui s'engueulaient sans discontinuer. Et son affreuse grand-mère, Antoinette Demongeot, y avait habité longtemps. Ce qui n'a rien d'anodin. Cependant, malgré ses souvenirs d'enfant, malgré la présence envahissante des conifères, cette maison a toujours fait à Gloria l'effet d'un refuge possible. Probablement parce qu'elle avait pu se mettre à l'abri des crises des adultes en descendant simplement dans le jardin, en s'asseyant sur la margelle de la fontaine en pierre avec un saint Jean crayeux perché au-dessus d'elle, en suçotant des bonbons à la menthe et en écoutant les oiseaux qui nichaient dans l'oreille de saint Jean. À la mort de la terrible Antoinette Demongeot, la mère de Gloria avait hérité de la maison. Mais elle n'y était jamais retournée avec son dentiste. Peut-être parce qu'elle s'y était rendue pendant des années pour faire plaisir à sa mère qui était malheureusement une femme à qui personne ne pouvait faire plaisir.

Cela fait pas mal de temps que Gloria n'a pas pris la voiture pour partir en voyage. La dernière fois, les filles étaient toutes petites, c'est sans doute pour cette raison qu'elle a demandé à Stella de s'installer à l'arrière, afin de réactiver cette impression de vacances, de voyage pour le plaisir, cette promesse d'aventures, ce « vers l'infini et au-delà » qui faisait rire Stella quand elle était enfant, mais maintenant Gloria a peur de regarder dans le rétroviseur et de ne plus voir personne sur la banquette arrière, c'est plus fort qu'elle, elle la costaude, la pragmatique, la guerrière, elle imagine n'apercevoir dans le rétroviseur que l'espace embouti par leur absence, un espace légèrement flou à l'endroit où les filles auraient dû se trouver. Du coup Gloria, la vigie, vérifie, elle jette un œil dans le rétroviseur toutes les quinze secondes. Les filles n'auraient pas le temps de se volatiliser en un temps si court.

« On peut s'arrêter ? J'ai envie de pisser.

— Ne parle pas comme ça. »

Stella hausse les épaules et regarde par la fenêtre, la voiture file, on croise une monumentale sculpture d'art autoroutier censé « distraire l'œil », Gloria voit Stella se mettre deux doigts dans la bouche pour exprimer son dégoût, alors elle sourit, c'est la première fois qu'elle sourit depuis qu'elles ont quitté Vallenargues. Ça la rend légère, ça lui donne envie d'accéder à la demande de sa fille même si elles se sont arrêtées seulement cinquante kilomètres avant. Elle bifurque à l'aire de repos suivante et elle se gare devant la station-service, Loulou veut rester dans la voiture pour continuer de converser avec son chat bicolore, Gloria en profite pour se dégourdir les jambes, adossée à la portière, elle ne peut pas fumer parce qu'elle est trop près des pompes à essence, puis elle se souvient brusquement qu'elle ne fume plus depuis des années, c'est surprenant, elle n'avait pas songé aux cigarettes depuis tellement de temps, c'est ce voyage qui l'étourdit et brouille sa pensée.

Elle aspire une grande bouffée d'air, dioxyde de carbone et humus, doritos et goudron, elle aime bien regarder les ciels boursouflés au-dessus des autoroutes, elle pourrait rester là longtemps, immobile, statue autoroutière, et observer les gens qui passent, entrent dans la boutique et en ressortent les bras chargés, le nez sur leur portable, les plus jeunes envoient des SMS avec les pouces, les plus âgés avec un index, elle perçoit les lignes électriques qui bourdonnent, elle se tourne instinctivement vers l'intérieur de la boutique et elle aperçoit au-delà des vitres Stella qui se dirige vers le fond de la grande salle bourrée de sucreries et de cochonneries diverses, et qui s'arrête devant une cabine téléphonique.

Il y a encore des cabines téléphoniques sur les aires d'autoroute ? s'interroge Gloria. Et au moment où Stella décroche, Gloria bondit, la porte s'ouvre devant elle dans un chuintement pneumatique de majordome, elle court vers sa fille, on la regarde d'un air apathique, depuis le rayon sandwichs triangle, apathique mais prêt à être un brin inquisiteur, chacun choisit son soda et ses cacahuètes dans cet endroit dédié à la décontraction, on n'a pas envie d'y croiser une folle qui hurle en sourdine après sa fille (mais ça s'appelle hurler quand même) et qui la traîne dehors (nouveau chuintement discret) et la maintient contre la voiture et lui crie :

« J'ai besoin de te faire confiance.

— Moi aussi j'ai besoin de te faire confiance », répond l'adolescente sur la même fréquence.

De l'intérieur de la boutique on n'entend rien de plus, tout redevient modéré et inoffensif – à part les sucres rapides, les colorants et les conservateurs.

« Bon, je vais t'expliquer.

— Explique-moi. »

Défiance de Stella qui plisse les yeux comme sous le coup d'une grande colère contenue, mais ça semble un peu artificiel, comme une colère de série américaine. C'est ainsi qu'ils apprennent les émotions, se dit incongrûment Gloria.

« C'est Pietro qui file un mauvais coton…

— Et ?

— Et qui est devenu dangereux. »

L'adolescente éclate de rire.

« Sans blague. Première nouvelle. »

4

Samuel revint deux jours de suite, mais Tonton Gio n'était toujours pas là. Il avait demandé à lui parler, mais Gio était sur le front de mer à observer avec ses jumelles ce qui venait du large ou alors il était dans son bateau ou en rendez-vous avec son comptable ou bien il était ailleurs, allez savoir. Samuel se hissait sur un tabouret au comptoir, il attendait une heure, il paraissait si paisible qu'il aurait pu être l'une de ces personnes qu'on paie pour nous apprendre à respirer lentement par l'abdomen afin de retrouver notre calme, il buvait deux cafés puis deux bières, il finissait par avoir le dos rond, c'est presque inévitable de ressembler à un vautour quand on est perché sur un tabouret haut, mais en fait non, pas lui, il semblait simplement tranquille, un peu fatigué, il esquissait de petits dessins sur le zinc dans les micro-flaques de condensation, il regardait autour de lui, avec un air de sagesse hors d'âge et puis il repartait.

Le troisième jour, Tonton Gio, alerté qu'un type venait chaque matin lui rendre visite sans laisser aucun message, resta sur place et surgit de son bureau quand on lui signala la présence de Samuel. Ce dernier sauta de son tabouret et ils allèrent tous les deux discuter à la petite table du fond. Celle d'où l'on pouvait surveiller toute la salle. La préférée de Tonton Gio.

Gloria leur servit un café (pas de coquetterie en sus à La Traînée, genre nougat ou speculoos : du noir, du serré, du viril). Samuel leva la tête et lui sourit en la remerciant. Tonton Gio continua de parler comme si le café était arrivé tout seul avec ses petites pattes de tasse à café. Gloria aurait voulu leur en apporter une dizaine, et puis des œufs durs, et de la brioche, et du lait, et n'importe quoi d'autre qui lui aurait permis de s'approcher d'eux. En fait elle aimerait simplement s'asseoir sur la banquette à côté de Tonton Gio, le pousser d'un mouvement de hanches bien ajusté et rester en face de Samuel – elle ne sait pas encore qu'il s'appelle Samuel, elle ne sait encore rien de lui, à part qu'il parle avec Tonton Gio comme s'ils étaient familiers l'un de l'autre, qu'il a un sourire merveilleux, quelque chose d'enfantin dans les yeux et une peau qui a l'air comestible, oui c'est étrange mais cet homme a l'air comestible, ses cheveux sont aussi noirs et luisants que de la réglisse et ses yeux sont marron clair comme le caramel qui dégouline sur une glace à la vanille de fast-food –, elle se demande comment elle pourrait s'installer avec eux, elle voudrait comprendre ce qu'il fait là, elle demandera à Tonton Gio et il ne lui répondra pas. Ce qu'elle espère c'est qu'il reviendra demain, elle mettra sa petite robe à carreaux rouge et blanc – une robe en vichy mais elle ne peut pas penser « Vichy » parce que Tonton Gio ne supporte pas ce mot pour qualifier un tissu, et cela fait tellement longtemps qu'elle fréquente Tonton Gio qu'elle a remplacé, dans son vocabulaire, vichy par carreaux (il ne supporte pas non plus la couleur « parme », cela lui évoque la charcuterie, si quelqu'un prononce « parme », il prend une mine révulsée comme si on le forçait à manger de la mortadelle industrielle). Donc, Gloria passe et repasse près de la table et tente de choper des bribes de leur conversation. Elle entend le mot « Suisse » à plusieurs reprises. C'est un mot qui siffle alors elle le reconnaît, pour le reste ils sont très discrets.

Au bout d'un moment Tonton Gio fronce les sourcils en la voyant nettoyer pour la quatrième fois la table d'à côté. « Ose me faire une remarque », disent les yeux de Gloria. Tonton Gio secoue la tête et reprend sa conversation avec Samuel.

Le lendemain, Gloria porte sa petite robe à carreaux mais Samuel ne vient pas. Elle entrouvre la porte du bureau de Tonton Gio, il est en train d'examiner l'une de ses boîtes à musique.

« Il ne vient pas ton ami, aujourd'hui ? dit-elle.

— Quel ami ? » Tout cela sans lever les yeux de sa boîte à musique (un oiseau chanteur aux ailes mobiles qu'il ausculte avec sa loupe de bijoutier comme s'il tentait d'y déceler un rouage secret).

Gloria retourne en salle. Elle est triste, elle se dit qu'elle ne le reverra pas, qu'elle en a marre de travailler dans le rade pourri de Tonton Gio qui la traite moins bien que les autres pour ne pas faire d'histoires, elle a envie de déguerpir ou de gifler quelqu'un, elle se dit qu'elle n'a pas d'amis, que Vallenargues est une ville où jamais rien n'advient, c'est une ville de périphérie, une ville « rattachée à », une ville face à la mer avec une fête foraine l'été, des palmiers (bouffés par le charançon rouge), un canon qui tonne tous les jours à midi et une citadelle en ruine, Vallenargues est une ville de périphérie, et on a envie d'être dans le centre palpitant du monde à seize ans, ou dix-sept ans, ou dix-huit ans, je ne sais même plus l'âge qu'elle a à ce moment de l'histoire, elle non plus d'ailleurs, parce qu'elle se sent vieille et toute caparaçonnée et qu'elle voudrait que quelqu'un la prenne dans ses bras, est-ce trop demander ?

En fait c'est évident qu'elle n'a pas dix-huit ans, elle n'est pas majeure, elle n'a pas été contactée par l'avocat de son père, c'est encore trop tôt.

Jessica, qui est serveuse depuis huit cents ans à La Traînée, s'approche :

« Ça ne va pas, princesse ? »

Jessica a une fille à peu près de l'âge de Gloria et elle espère bien que celle-ci continuera à aller au lycée alors elle traite Gloria avec une condescendance de voisine, ma fille est bien mieux lotie que cette petite-là, c'est ce que se dit Jessica, la situation la rend tout miel, elle qui pourtant fait partie de la grande sororité des femmes qui en ont vu.

« Tu as mis ta robe vichy pour le joli garçon qui vient voir ton oncle ? »

Gloria se tourne vers Jessica. Et elle répond, regard sulfateuse :

« Je ne vois pas de qui tu parles. »

Samuel fut de retour le lundi suivant. Il demanda à voir Tonton Gio et, message passé, celui-ci dit à Jessica de le faire entrer dans son bureau. C'était une mesure tout à fait exceptionnelle. Jessica, Raj le cuisinier et Gloria s'entre-regardèrent. Quand il avait poussé la porte du bar, Gloria s'était sentie chavirée, soulagée, brûlante, et exaspérée de se sentir brûlante. Il portait le même sac à dos que la première fois et il avait l'air tout aussi accueillant – c'est-à-dire que, plus encore que de vous trouver dans son rayonnement, vous auriez aimé savoir ce que ça faisait d'être ce garçon, de se déplacer dans un corps aussi délié et élastique et désinvolte, de regarder le monde à travers ses yeux, d'arborer un sourire aussi tranquille, comme si l'on pouvait être parfaitement en paix avec les autres et avec soi, que c'était une possibilité qui existait sur cette planète, que ce garçon avait découvert le secret qui permettait d'être relativement satisfait de ce qui vous avait été attribué, alors que Gloria ne se souvenait pas d'un jour où elle ne s'était pas détestée au moins une fois dans sa veille ou son sommeil – elle rêvait en effet parfois qu'elle se détestait. Elle était si souvent de querelleuse humeur – cette tendance atrabilaire lui avait toutefois servi à mettre au point ses stratégies anti-idées noires. Et ce jour-là, quand elle le vit débarquer, c'est lui qu'elle détesta : c'était une sale journée, elle aurait ses règles dans deux jours, elle se sentait boudinée comme si sa chair allait faire exploser tous les boutons de son chemisier un par un et que les boutons fuseraient dans la salle de La Traînée pour venir pilonner les vieilles affiches au mur, les photos de pêche au gros période Hemingway et les petits panneaux à hurler de rire qui clamaient : « L'alcool tue lentement. On s'en fout. On n'est pas pressés. »

Alors Gloria dit à Jessica :

« Je prends ma pause. »

Jessica leva le nez et acquiesça.

Gloria sortit, elle traversa la rue et elle s'assit sur le muret face à la mer.

(Attardons-nous un instant sur cette façon de s'asseoir sur le muret face à la mer, exactement devant la vitrine de La Traînée. N'est-ce pas un brin ostentatoire ? Gloria assurerait que non, elle serait même capable, si vous insistiez, de s'énerver et de vous insulter, ne faisons pas de psychologie, surtout pas, elle s'assoit là parce que c'est le meilleur endroit pour laisser pendouiller ses jambes en fumant une cigarette et en écoutant le délicieux et incessant cliquetis des mâts, cela n'a rien à voir avec le garçon qui est enfermé dans le bureau de Tonton Gio et qui ne pourra sortir de La Traînée sans l'apercevoir à travers la vitre, dans l'hypothèse où il ne resterait pas en rendez-vous avec Tonton Gio plus de vingt minutes parce que là, bien sûr, Gloria se devrait de reprendre son poste. Tout cela est bien trop conditionnel, convenez-en, pour que Gloria se soit assise à cet endroit dans l'unique but d'attirer l'attention dudit garçon. Puisque de toute manière, aujourd'hui n'est pas un bon jour, elle se sent bouffie, elle n'a pas les cheveux propres et elle dégage cette odeur de friture et de charbon de bois à laquelle il est difficile d'échapper quand on travaille à La Traînée.)

Le garçon sortit dix minutes plus tard du bureau de Tonton Gio mais il alla tout droit se percher sur un tabouret au comptoir. Parce qu'il n'avait pas vu dans la salle la jolie fille brune qui leur tournicotait autour l'autre jour, et qu'il n'arrivait pas à se résoudre à partir sans l'avoir croisée (mon Dieu, elle lui plaisait) même si l'affaire était bouclée et qu'il avait livré ce qu'il était allé chercher en Suisse. C'était une drôle d'idée de s'attarder à La Traînée alors qu'il aurait dû ne pas demander son reste et s'en aller vivre sa vie de journalier un peu plus loin. Car Samuel était une sorte de journalier. Un mois ici, une semaine là-bas. Le genre d'activité auquel il s'adonnait était incompatible avec la sédentarité. Mais il voulait revoir la fille aux yeux noirs et à la peau si blanche qu'elle en était phosphorescente.

Il se dit qu'elle devait mesurer à peine plus d'un mètre cinquante, il aimait bien ça, cette toute petite taille, c'était inédit pour lui, en général il fréquentait les grandes blondes à tatouage invisible si pas encore dévêtues, mais tout le corps de cette fille semblait auréolé d'électricité et c'était, comment dire, stimulant.

Quand elle se déplaçait, les particules électriques se regroupaient autour d'elle et bruissaient. La pression atmosphérique chutait à son approche, comme lorsque l'orage arrive depuis la mer, et ce changement qui est sensible pour les enfants, les migraineux et les échassiers l'est aussi pour les gens comme Samuel, c'est le moment où les fourmis volantes rappliquent, le vent se lève, les arbres s'agitent, les éléments naturels paniquent légèrement, et Samuel tombe amoureux.

Il savait bien que cette attirance pour les filles qui ont l'air de vouloir ferrailler pouvait être considérée comme une mauvaise pente. Son père le lui avait maintes fois répété.

Gloria revint de sa pause, furieuse et dépitée. Elle ouvrit la porte à la volée, tout était devenu humide, dehors et puis dedans, ses cheveux s'étaient recroquevillés autour de son chignon serré serré, ils avaient quelque chose de vivant et de prédateur, ces cheveux-là pouvaient vous mordre à n'en pas douter. Elle ne réussissait pas à changer son tempérament alors qu'elle avait, comme nous le savons, toujours souhaité être une créature inoffensive (mais magnétique) dont toute la posture crierait, « Sauve-moi, sors-moi de cette maison en feu. »

Elle vit que le garçon était au comptoir, elle vit son dos, la courbe de son dos, sa légère scoliose, les vertèbres sous sa chemise, un deux trois, je peux compter tes osselets, et elle se demanda, Mais pourquoi la vue de cette chemise sur ce dos me chavire-t-elle ?

Et elle apprit d'un coup ce que signifiaient le désir et l'attirance et ce qu'ils induisaient.

Elle pensa, tourneboulée, Je ne vais tout de même pas capituler.

Et puis il se retourna. Parce que Jessica qui essuyait un verre derrière le comptoir avait vu Gloria surgir, ses yeux s'étaient rivés sur la toute petite jeune fille en colère, il y avait de la stupéfaction dans ce regard, Mon Dieu, de quoi est capable cette fille, et quand Gloria comprit qu'il l'attendait, qu'il attendait qu'elle débarque dans le café de Tonton Gio, même toute poisseuse d'iode, même malodorante, elle se sentit infiniment soulagée et flattée et rayonnante, et elle se dit, Advienne que pourra.

C'est étonnant d'assister à un coup de foudre, c'est comme d'être pris dans un mouvement de foule dans un couloir du métro, un samedi, pendant une période d'attentats. Vous êtes embarqué et vous abandonnez toute défense, vous regardez passivement ce qui se déroule, vous attendez que ça s'arrête et vous vous dites, Ah c'est donc cela dont tout le monde parle.

5

Elles sont enfin arrivées à la maison de Kayserheim. Gloria a garé la voiture sous les sapins. Même si on était en juin, la nuit était déjà tombée. Loulou dormait et transpirait, son chaton bicolore lui servant d'oreiller. Gloria a grimacé en voyant la peluche sous la joue de sa fille. Elle lavait toujours les jouets, les draps et les vêtements une première fois avant d'en faire usage. Elle craignait les retardateurs de flamme bromés, les phtalates, le formaldéhyde et les colorants azoïques. Elle n'avait pas vécu une bonne partie de sa vie auprès de Tonton Gio sans avoir conçu une méfiance légitime face à toutes les saloperies dont on bourre les tissus, les meubles et la nourriture. Il n'y a rien de plus contagieux que la méfiance. C'est un redoutable venin. En conséquence elle ne buvait ni ne fumait plus. Elle vivait dans la terreur de perdre ses filles ou de les laisser seules pour toujours. Elle essayait malgré tout de ne pas brimer la totalité de leurs élans, même si elle frissonnait en les voyant manger des cochonneries sucrées qu'elles avaient rapportées à la maison et dont l'origine était plus que douteuse, même si elle tremblait à l'idée qu'un chauffard ou un vieillard cataracté fauchât l'une ou l'autre. Le monde, et pour cause, ne lui semblait plus un endroit sûr depuis fort longtemps.

Stella avait boudé tout le long du chemin.

« Tu fais la gueule ?

— Non je suis fatiguée. »

Il fallait croire que c'était vrai, elle ronflotait maintenant sur la banquette arrière, totalement immobile, dans une position si inconfortable qu'on eût pu la croire morte (à part ce léger ronflement). Elle avait le visage abandonné, sérieux, son ancien visage de petite fille, il disparaîtrait bientôt même quand elle dormirait. Ses globes oculaires tressaillaient par instants derrière ses paupières. Gloria serait bien restée là à regarder dans le rétroviseur ses filles dormir, planquées toutes trois dans leur abri de tôle, de plastique et de moquette, peut-être était-elle un peu inquiète aussi de ce qu'elle allait trouver dans la maison et différait-elle le moment d'y pénétrer. Elle avait allumé la loupiote du plafond, elle observait Stella dans son état intermédiaire, plus une enfant et pas une femme, ou les deux à la fois, la possibilité des deux.

Gloria, dans la voiture sous les sapins, entendait l'obscurité du dehors. Elle entendait la brise de juin. La brise de juin émet un son très particulier quand elle tente de se frayer un chemin au milieu des branches des conifères, c'est comme un souffle interrompu, un souffle avec des soubresauts et des inquiétudes. La lune éclairait chaque aiguille de sapin, on aurait dit une multitude de brillants étincelant dans la nuit – quelle était la substance qui rendait les aiguilles si scintillantes, de la sève, de la colle, de la salive ? Gloria s'est rendu compte que c'était une très mauvaise idée d'arriver aussi tard, les choses inconnues sont plus hostiles la nuit, surtout à la campagne, il y avait trop de bruits et d'odeurs que les filles ne reconnaîtraient pas.

Elle a pris une torche dans la boîte à gants et ouvert le plus discrètement possible sa portière. Elle est sortie et elle a gravi les marches du perron. Ça sentait la vieille pierre, le calcaire humide et moisi, ça sentait la terre et les herbes folles que personne n'a coupées depuis bien longtemps, ça sentait le tilleul aussi, une odeur sucrée, rassurante, comme un repère dans son cerveau, ça sentait les lombrics qui creusent leurs galeries sous nos pieds, perforant le sol avec application, elle s'est souvenue de son père qui pêchait dans la rivière derrière la maison, elle allait chercher les lombrics avec lui, il tapait le sol, et les lombrics apparaissaient aussitôt, fuyant une taupe invisible qui aurait fait vibrer leur souterrain et s'enfilant presque directement sur l'hameçon, elle a entendu le bruit de la rivière, elle n'y avait pas fait attention jusque-là, c'était un bruit froid, attirant, la petite voix dans sa tête qui reste toujours vigilante lui a dit, Il faudra faire attention à Loulou et la mettre en garde contre l'eau calme et noire, et contre les feuilles des nénuphars si lisses et accueillantes.

Sur sa droite il y avait la souillarde que son père appelait la cuisine d'été. Les vitres étaient opaques à force de toiles d'araignée. Elle a sorti la clé de son sac – porte-clés publicitaire, Bibendum Michelin 1967 devenu grisouille, Antoinette Demongeot est parmi nous –, elle a ouvert la porte de la maison, elle est entrée et s'est dirigée vers le compteur, elle a remis l'électricité.

Rien n'avait changé. À part que tout semblait plus petit. Et que tous les meubles étaient recouverts de draps poussiéreux. Des draps fleuris, colorés, rayés. Cela ferait moins peur à Loulou. S'ils avaient été blancs, elle aurait pu croire à des fantômes. Comme dans les manoirs flippants qui pullulent dans *Scooby-Doo*.

La seule personne à venir encore ici était Tonton Gio – il n'avait pas dû passer beaucoup de temps dans la souillarde lors de ses derniers séjours vu l'état d'invasion arachnéenne. Mais c'était grâce à lui qu'il y avait l'électricité, l'eau courante, et que tout était aussi soigneusement rangé. Gloria lui avait confié un double des clés plusieurs années auparavant. Il s'était mis, en vieillissant, à préférer les forêts ténébreuses au soleil de la Côte d'Azur. La Méditerranée avait réussi à le décevoir. Pour lui, elle ne signifiait dorénavant plus que mycoses, morues et méduses. Il disait que les étés sur la Côte sentaient le pétrole, comme les fringues chinoises qu'on débarque des containers. Alors il s'était retiré à Fontvieille après la vente de La Traînée. Mais il continuait d'aller à Kayserheim quand la brûlure de l'été provençal l'indisposait trop.

Il montait à bord de son antique DS (il ne faisait confiance qu'à Citroën) et filait vers le nord-est, vers les forêts ombreuses, passer deux mois au frais, traînant son pliant sur le bord du lac et pêchant des tanches au goût de vase, ou bien plantant sa barque au milieu de l'étendue d'eau qui frémissait doucement et rêvant de brochets géants. On disait que le lac de Kayserheim était le plus profond de la région, on disait qu'il s'agissait d'un bassin préhistorique formé par une météorite atterrie là, soixante-six millions d'années auparavant, avec force projections de boue et débris divers, cendres et cristaux de quartz, on racontait aussi qu'en 1983 trois adolescents enivrés avaient fini noyés après avoir tenté, à bord de la Renault Fuego du frère de l'un d'eux, de traverser le lac en le survolant depuis le surplomb de la rive sud, hop, je prends mon élan et ça devrait le faire, on ne les avait jamais retrouvés, quant à la Fuego elle avait été repêchée vide et béante (ils s'étaient extirpés de la carcasse pour essayer de s'en tirer) devant tout Kayserheim éploré, rassemblé sur la plage de sable côté nord.

Tonton Gio avait expliqué à Gloria que le lac reposait sur un dépôt deltaïque issu de la langue glaciaire. Ce qu'il voulait dire c'est que, à tout prendre, il préférait mille fois la placidité multimillénaire du lac (fatale pour les couillons en Fuego) au tumulte de la rivière. Il en avait fini avec le tumulte.

Mais cet été-là, il ne viendrait pas.

Il avait subi une attaque en février et dodelinait depuis dans un fauteuil à bascule au milieu de son salon carrelé, la fenêtre ouverte sur les cigales et les touristes honnis qui jugeaient bon de saluer ce gentil vieux quand ils passaient sur le trottoir devant sa maison de Fontvieille. Ils étaient en général en chemin pour la piscine située dans le parc du château de Daudet, ils étaient vacants et impatients de se tremper au milieu de la pinède, se foutant autant de Daudet que les milieux d'affaires du réchauffement climatique, se réjouissant à l'avance de leurs propres éclaboussures chlorées et aveuglantes. Lui, Tonton Gio, il se balançait rageusement, à la limite du déséquilibre, une légère écume apparaissait au coin gauche de sa bouche, l'attaque avait ciblé le siège de la parole dans son cortex, s'il avait parlé il aurait appelé au retour de la guillotine, et il ne parvenait à retrouver son calme et à se consoler qu'en contemplant son merveilleux salon tout empli de ses trésors mécaniques et musicaux amassés depuis tant d'années et avec tant de risques. Il couvait du regard ses oiseaux chanteurs, ses automates, ses soufflets, ses membranes, ses étouffoirs, ses remontoirs, ses lames et ses pointes, comme une mère ses petits s'ébattant dans un square. Il tendait la main vers *La Vie mode d'emploi* posé en équilibre sur le tabouret premier prix qui s'effondrait discrètement sur sa droite, il plaçait le livre sur ses genoux, l'ouvrait au hasard et en lisait une vignette en ricanant. Grâce aux boîtes à système et à Perec, il oubliait un instant le cri métallique des cigales et la laideur du monde. Son pouls reprenait alors un rythme de croisière.

Du fait de ces circonstances, Gloria serait seule avec ses filles dans la maison de Kayserheim pendant l'été – et tout le temps qu'elle voudrait.

La maison comptait quatre chambres, trois en haut, une en bas. Le porche ouvrait sur la cuisine qui était assurément la pièce la plus agréable de la maison, tant par ses dimensions que son agencement. Le salon attenant avec sa télé grise armée de son énorme tube cathodique n'était pas l'endroit le plus riant qui soit. On avait l'impression de se trouver éjecté contre son gré au milieu des années soixante-dix dans tout ce qu'elles avaient de mal coloré et de disqualifié. Libérez-moi de toute cette laideur, de tout ce plastique et de ce velours sur le mur. Gloria a eu un vertige en revoyant les lambris du plafond d'où pendait un globe orange, la table basse en plexiglas fumé, les boîtes de kleenex vides (glissées dans leur housse tout en dentelle et fourbi froufroutant) disséminées stratégiquement dans la pièce, autant pour le plaisir des yeux que pour le confort nasal, et la vitrine pleine de chouettes en porcelaine accompagnées de quelques photos dans des cadres de bazar. Elle a extrait les photos de la vitrine, l'une représentait sa mère avec elle-même dans les bras, tout bébé. Il y en avait quatre de sa grand-mère : Antoinette Demongeot en noir et blanc à la mer de Glace ; Antoinette Demongeot à vélo, la quarantaine, petit haut pigeonnant et jupe soulevée par le vent, cuisses pas encore décharnées, chignon crêpé, bandeau noir large sur cheveux blonds, initiales AD ; Antoinette Demongeot à partir du jour où elle avait décidé que la maigreur lui seyait, en couleurs, dans sa chaise longue au milieu du jardin, lisant un programme télé ; et enfin Antoinette Demongeot à la terrasse d'un restaurant en Espagne avec l'une de ses amies (elle avait vraiment des amies ?), souriant toutes deux, fume-cigarettes, martini et cheveux oxygénés, le visage si bronzé et si ridé qu'il avait l'air plissé comme un tissu japonais. Elle a remis toutes les photos en place. Au moins les filles verraient à quoi ressemblait leur arrière-grand-mère. Elle est montée à l'étage, il faudrait tout refaire si elles restaient, ce pourrait être un projet revigorant pour l'été, elle et les deux petites (non Stella n'est plus une petite), elle et les deux filles en train de vider la baraque, la repeindre et lui redonner un coup de jeune, elle s'y voyait déjà, comme dans un film, avec du plâtre dans les cheveux, le rouleau à la main, perchées toutes les trois sur des escabeaux et riant muettement, mangeant leur casse-croûte pendant leur pause bien méritée, assises sur les marches du perron en bleu de travail et tee-shirt taché. Gloria a secoué la tête. Bon bon bon. Elle a fait le tour des chambres. L'une d'elles (qui avait été celle d'Antoinette) comportait un lit deux places. Les autres ne comptaient que des lits pour une personne. Elles étaient moches mais bénéficiaient d'une très jolie vue, sur la forêt ou sur le lac qu'on voyait miroiter (se souvenait-elle) derrière les sapins. Au-delà, invisible depuis la fenêtre, il y avait la scierie, elle appartenait au père Buch, un ours qui n'aimait personne et le faisait savoir à l'aide d'écriteaux menaçants cloués sur sa maison. Ils produisaient l'effet inverse de celui escompté. Les enfants du coin venaient à vélo jusque chez lui, se faisaient des frayeurs et lançaient des cailloux dans la cour pour que les chiens aboient. Gloria s'est dit qu'elle irait bientôt le voir, elle n'avait pas peur de lui, elle le connaissait depuis toujours. Il était inoffensif.

Elle avait l'impression de se retrouver dans une enclave du temps. Ici, étranger, rien ne bouge ni ne bougera, tu peux faire ce que tu veux, réaménager ou même détruire la maison, demain matin, elle sera de nouveau comme avant, intacte et complète. Gloria savait que la nuit était propice à ce genre de pensées, elle a répété, Bon bon bon. Et elle a fait les lits avec les draps qu'elle avait trouvés dans les armoires, puis elle est allée chercher les filles, d'abord Loulou qui n'a pas levé une paupière, serrant dans son sommeil son affreux chaton orange et bleu comme s'il en allait de son sort, ensuite elle a secoué doucement Stella, On est arrivées, ma belle, tu seras mieux dans un lit, réveil et pupilles dilatées, froncement de sourcils, On est où ? Dans la maison de mon enfance, a improvisé Gloria (c'était très très très partiellement vrai mais il était deux heures du matin, ce sont des heures d'improvisation), Stella s'est laissé conduire sans trop de difficultés jusqu'à l'étage et elle s'est écroulée sur le lit, Gloria a voulu lui retirer ses baskets mais Stella a grogné, Laisse. Alors elle est sortie. Elle est descendue dans le salon. Sous la télé, il y avait le petit meuble qui renfermait le tourniquet à alcool, son père disaït, The Bar, elle a pris chacune des bouteilles qui sédimentaient là et elle est allée les vider une à une dans l'évier, elle ne se faisait pas confiance à ce point, puis elle est montée se coucher.

6

Quand Tonton Gio réalisa que Gloria sortait avec Samuel, il la convoqua dans son bureau.

« Ton père t'a placée sous ma responsabilité.

— De quoi parles-tu ?

— Avant de mourir, ton père m'a dit qu'il comptait sur moi pour veiller à ta sécurité. Jusqu'à ta majorité et au-delà.

— Je suis une grande fille.

— Tu es une toute petite fille.

— Et je suis en danger ?

— Pas présentement. Mais tu vas te mettre en danger si tu fréquentes ce garçon.

— Quel garçon ?

— Je t'en prie, me prends pas pour un Américain.

— Mais c'est ton ami.

— Que nenni. Il travaille pour moi ponctuellement mais ce n'est pas mon ami. Ni mon associé. Il n'est même pas très bon dans ce qu'il fait.

— Et que fait-il pour toi ?

— Il ne t'en a pas parlé ?

— On ne parle pas de travail, non.

— Alors ce n'est pas le moment d'en discuter. Mais sache que ce garçon n'est ni fiable ni très malin, qu'il est déjà alcoolique malgré son jeune âge, et, en tant que représentant de l'autorité de ton père, je te demande d'arrêter de le fréquenter.

— Tu es le représentant de l'autorité de mon père ?

— Oui.

— Je pourrais peut-être plutôt en parler à ma mère, non ? »

Tonton Gio prit un air offusqué. Il emplit ses poumons d'air comme s'il lui fallait traverser un estuaire en apnée.

« Bien entendu, ma chérie. Si tu arrives à remettre la main dessus. Ta mère n'était pas de celles qui attachent le casque de vélo sous le menton de leur gentille progéniture, elle ne préparait pas de petits biscuits pour ton goûter et ne jouait jamais au pouilleux avec toi. Elle ne s'est pas comportée comme une mère. Donc, dans le cas plus que douteux où tu la retrouverais, je ne suis pas sûr que ce soit une idée lumineuse de te fier à elle pour t'aider à différencier une bonne décision d'une mauvaise…

— OK. Explique-moi alors pourquoi je dois cesser de voir Sami. »

Et quand il entendit qu'elle l'appelait Sami il grimaça parce qu'il sut qu'il était trop tard. Il avait mal évalué le pouvoir d'attraction de ce garçon et l'envie de la fille de son ami de cesser d'être seule, il avait mal évalué leur appétit furieux, leur si jeune âge et leur désir, mais cela remontait à si loin pour lui, comment aurait-il pu se souvenir, ranimer cette personne qu'il était quand il avait une vingtaine d'années, où était-elle passée cette personne, elle était là, indiscutablement, tapie dans les recoins de son corps, chaque âge était comme une enveloppe de plus autour de son noyau central, son fil à plomb, la pointe du compas, son être pur et indemne, son essence d'enfant minuscule, tout était encore là, tous les âges de la vie étaient encore là, mais impossible de les retrouver car ces enveloppes, autour du noyau central, étaient devenues des pelures, aussi fines et sèches que des pétales de bougainvillées froissés. Tonton Gio sentit quelque chose de sucré et de piquant l'irriter entre les deux yeux, comme une bouffée de bonbon au menthol, une réminiscence.

Il répondit simplement :

« Je suis persuadé que tout ce qu'il me revend il l'a volé.

— Il te revend quoi ?

— Devine.

— Des boîtes à musique ? »

Tonton Gio la regarda sans un mot par-dessus ses lunettes fumées.

« Pourquoi les lui achètes-tu si tu es convaincu qu'il les vole ?

— Parce que sinon il les revendra à quelqu'un d'autre. »

Il réalisa que le trafic de boîtes à musique impressionnait très modérément Gloria si bien qu'il ajouta l'air de rien que Samuel avait vendu des artefacts égyptiens pillés dans des tombeaux de la Vallée des Rois. Comme Gloria semblait attacher à ce type de commerce autant d'importance qu'un chat à une montre de plongée, Gio plissa les yeux et parla un ton plus bas, chuchotis, confidences et insinuations, il révéla que Samuel avait participé à l'écoulement de pièces détachées récupérées frauduleusement sur des avions accidentés et remises sur le marché après avoir été plus ou moins réparées.

« Pour que tu mesures les conséquences de cette sorte de négoce interlope, je te donne seulement l'exemple du Convair reliant Oslo à Hambourg qui s'est abîmé en mer en septembre 1989 à cause de pièces de rechange non conformes, et du Boeing 747 israélien qui s'est écrasé sur une barre d'immeubles HLM en octobre 1992 juste après avoir décollé d'Amsterdam, à cause de ses moteurs qui avaient dégringolé dans le vide. Tu imagines ça, un avion sans moteur ? C'est à cause de gens comme ton Sami que...

— Ni armes ni drogue ? » le coupa Gloria.

Gio dut reconnaître que Samuel ne trempait pas dans ce genre de trafics. *Pour le moment.* Gloria haussa les épaules, lui sourit et dit, « J'y retourne. Ça va être le coup de feu », puis elle sortit et referma délicatement la porte derrière elle afin de ne pas déranger l'ordre immuable des choses dans le bureau de son cher Tonton Gio.

Pendant longtemps Gloria se repassa cette conversation, elle y repensait même quand elle était dans les bras de Samuel. Il ne s'agissait pas d'un secret, il ne s'agissait pas de quelque chose qu'elle cachait à son bien-aimé. Elle ne savait pas faire autrement, de toute façon. Elle avait vécu seule avec des parents qui composaient un couple résolument déséquilibré. Un père qui regardait sa femme comme si elle était une merveille de grâce, et une mère qui ne désirait qu'une chose, se défaire de ses liens, et qui avait rué tant et plus que les entraves avaient fini par se rompre. Elle avait observé silencieusement le manège fatal de ces deux-là. Cela donne, c'est incontestable, des enfants puis des adultes secrets, méfiants, scrutateurs, qui ne voient aucun inconvénient à garder au fond de leur cœur – au fond de ce que vous voulez d'ailleurs, au fond de leur crâne, dans la forêt profonde – une cabane où s'isoler et se ressourcer. Ils ne disent pas tout ce qui leur traverse l'esprit. Ils connaissent les méfaits et l'illusion de l'absolue sincérité. Je ne te mentirai jamais, etc. Alors ils continuent d'entretenir un lieu impénétrable qui garantit qu'ils ne jetteront pas à la tête de l'autre, celui qu'on aime tant et qui parfois nous effraie ou nous agace – il y a toujours un moment où il finit par nous agacer, n'en doutons pas un seul instant –, ils ne jetteront pas à la tête de l'autre, disais-je, leur ressentiment ni leurs secrets vénéneux.

Tout cela pour souligner que Gloria pouvait parfaitement se lover (quel verbe parfait) dans les bras de son bien-aimé, être tout à lui et l'avoir tout à elle, ils pouvaient se réveiller ensemble au petit matin, palpitants, ardents, et dans le même temps, elle était capable de s'interroger, circonspecte, sur ce que Tonton Gio lui avait dit.

Samuel était le type susceptible de transformer ce qui était indubitablement destructeur (cigarette et gin tonic) en quelque chose de douillet et d'accueillant. Il avait pris une chambre en ville, il lui avait dit, « Je ne peux pas partir, je ne peux pas te laisser ici mon petit cœur, jusque-là j'habitais dans mes chaussures, mais je ne veux plus de tout ça. » Il ne lui avait pas demandé de le suivre, il avait simplement assuré qu'il reviendrait toujours, Je pars en déplacement, disait-il, et ses paroles étaient les mêmes que celles d'un commis voyageur en imper mastic qui partirait vendre des parapluies en Bretagne. Je reviens vite, ajoutait-il. Et cela suffisait à Gloria. Elle n'avait aucun doute sur l'amour qu'il lui portait. Elle se sentait préférée. Et c'était un état de grande sérénité.

Tonton Gio avait dit à un moment ou un autre :

« Ces garçons-là peuvent faire de bons animateurs de centre aéré ou de bons profs de sport, si tant est que quelqu'un leur file un petit coup de main en chemin, mais en général ils se contentent de boire trop et de tout rater. »

Gloria avait emmené Samuel dans le cabanon bleu et ils y avaient passé leur première nuit complète ensemble, c'était un cadeau cet homme, il était d'une douceur extrême, le contraste entre la douceur des hommes et leur visible puissance physique est un miracle, c'est comme de voir un nourrisson délicatement enlacé dans les bras d'un géant dont l'activité principale est la chasse ou l'abattage des arbres, c'est une émotion triviale, parfaite, reptilienne, mais ça marche à tous les coups. Alors, se retrouver au lit avec Samuel était un trésor, se réveiller vingt fois dans la nuit afin de le regarder dormir, le respirer, se dire, Je veux être lui pour ne jamais le quitter, se laisser aller à ce désir néandertalien, Protège-moi, je ne me sentirai plus jamais en sécurité sans toi, elle avait dix-sept ans, soyez indulgents, et d'ailleurs ce sentiment chez une fille aussi autonome et costaude et volontaire que Gloria avait quelque chose de touchant, cela la faisait appartenir à la grande communauté internationale des filles qui tombent amoureuses des petites frappes.

7

Kayserheim est loin de tout sauf de la frontière allemande. La ville est minuscule, entièrement pavée, la toiture de la mairie est recouverte de tuiles vernissées bicolores, leur rouge est celui des géraniums dans les bacs de la rue piétonne. Un temple protestant et une église catholique ont été construits face à face, se défiant sur la petite place du marché. Dans les quelques boutiques de la rue commerçante, on parle alsacien, qui est une langue qui effrayait Gloria quand elle était enfant, elle avait l'impression que les gens qui l'utilisaient ne s'en servaient que s'ils étaient en colère ou s'ils complotaient. Kayserheim ressemble à un village en pain d'épices qui attendrait Noël, qui attendrait la neige.

Rien n'a bougé. Le père de Gloria adorait le parfait anachronisme de Kayserheim, sa mère haussait les épaules et ne semblait trouver de satisfaction que dans la dévoration quotidienne de deux tartelettes à la myrtille de chez Sauchinger. Elle n'en mangeait jamais moins de deux, jamais plus. Il était très difficile de faire plaisir à cette femme. Elle s'en chargeait elle-même.

Depuis qu'elles sont arrivées les filles ont décidé qu'elles étaient en vacances, alors elles ont pris leur rythme estival – Loulou se lève tôt, traque les lézards, joue avec les fourmis qui envahissent le perron, compte ses piqûres de moustique, parle toute seule une grande partie du temps en changeant de voix pour les dialogues, s'enthousiasme dès qu'elle aperçoit un oiseau dans un arbre, tente de le repérer dans le livre que Gloria lui a acheté afin de les identifier, et répète, On est bien ici. Stella, de son côté, dort jusqu'à treize heures. Dès son premier réveil, elle a fait le tour de la maison et, lugubre, elle a dit, « J'adore l'endroit. » Comme Gloria, au début, n'est pas prête à les laisser seules à la maison, elle attend l'après-midi pour faire les courses, elle emmène les deux filles en voiture, Stella ne râle pas trop, de toute façon elle préfère aller en ville (même s'il s'agit de Kayserheim – Kayserheim n'est en réalité ni un village ni une ville c'est un bourg (il s'y tient un marché hebdomadaire)) plutôt que de rester toute la journée à débroussailler le jardin avec sa mère. Gloria achète des vélos puis regrette d'avoir acheté des vélos parce que Stella en fin de journée aime à aller faire un tour toute seule dans les environs.

Stella qui sait de qui a peur sa mère lui dit régulièrement, mi-moqueuse mi-réconfortante :

« Ne t'inquiète pas, il ne viendra pas nous chercher jusqu'ici.

— Qui ? » demande en général Loulou, mais personne ne lui répond. Et ça n'a pas grande importance parce qu'elle est déjà occupée à autre chose.

Quelques jours après leur arrivée Gloria décide de rendre visite au vieux Buch dont on entend les scies électriques découper le bois, et les chiens aboyer, convulsifs, quand un cycliste passe devant la scierie. Elle prépare une terrine de campagne avec Loulou. Stella entre dans la cuisine et les voit affairées. Elle hausse les épaules, « Je suis sûre qu'il préférerait une bouteille de gnôle. » Gloria ne répond pas. Aucune bouteille d'alcool ne rentre dans cette maison même si c'est pour en repartir aussitôt. Stella les regarde s'activer, Loulou patouille dans les foies de canard en leur adressant de petites remontrances. Stella affiche un air désabusé parfaitement étudié. Gloria lui dit :

« Ça fait plus d'une semaine que je ne t'ai pas vue sourire.

— C'est une expérience.

— À notre intention ?

— Je m'entraîne.

— Tu t'entraînes à quoi ?

— Tu n'as pas remarqué qu'on nous demande de toujours sourire pour ne pas effrayer les hommes ? »

Stella reste calée sur une hanche dans une posture qui mime la magnanimité.

« Il suffit d'un sourire pour qu'on te croie neutralisée. Hier, quand je suis allée à vélo jusqu'au bled pour faire les courses, je n'ai pas souri une seule fois, ça a mis tout le monde mal à l'aise. Tu devrais d'ailleurs essayer plutôt que de sourire au monde entier comme une désespérée. C'est passionnant. »

Elle sort de la pièce et monte s'enfermer dans sa chambre.

Il faudrait surtout que Gloria explique à sa fille qu'il est souvent très utile d'avoir l'air débonnaire.

L'après-midi elle se rend chez le père Buch avec Loulou par le sentier derrière la maison. Loulou discute ou chantonne, répète les mots qu'elle aime sur un air entêtant, « Cristalliser cristalliser cristalliser, sucre et levure chimique », et trace sur le chemin des dessins avec un bâton qu'elle traîne partout, elle sautille dans les bottes en caoutchouc qu'elle porte malgré la chaleur, elle a les bras recouverts de tatouages plus ou moins ratés et arbore une tiare de vrais diamants de guingois dans ses cheveux plein de nœuds.

« Attention aux chiens », lui dit Gloria. Mais Loulou a une relation privilégiée avec le monde animal. Quand elles pénètrent dans la cour, les chiens aboient et galopent jusqu'à elles, Gloria se fige, attendant l'assaut, mais Loulou s'accroupit et leur parle dans son langage chien. Les trois chiens tournent autour d'elles en remuant la queue et en allongeant leurs pattes de devant comme pour une révérence, ils les escortent jusqu'à la maison. Le vieux Buch s'encadre sur le seuil, il a les sourcils froncés, lui non plus n'a pas dû sourire depuis une ou deux décennies.

Gloria crie, « Je suis la petite-fille d'Antoinette Demongeot », elle agite le panier dans lequel elle transporte son offrande. Il hoche la tête sans cesser de froncer les sourcils. Peut-être sont-ils définitivement immobilisés. Il la fait entrer dans la cuisine. La cuisine sent la même odeur que le père Buch, en plus capiteux, c'est une odeur de tabac, de savon et de sève de sapin. Loulou reste dehors pour jouer avec les trois molosses. Quand Gloria ressort une heure après, elle est épuisée. Le père Buch n'a cessé de parler de ses difficultés avec la scierie, des ouvriers qui ne foutent plus rien, des parasites qui bouffent son bois et des gitans qui viennent jusque dans nos bras égorger, etc., mais il lui a aussi rapporté ses inquiétudes concernant la forêt, il a dit que plus personne ne connaît rien aux arbres et aux plantes, plus personne ne sait récolter la sève de l'érable, les gens confondent les cornouillers aux fruits comestibles avec ceux qui filent la chiasse, ces connards de bûcherons polonais coupent tout et n'importe quoi et salopent la forêt, lui le père Buch il a appris à évacuer les rondins avec la schlitte, dégringolant du haut de la montagne jusqu'aux cours d'eau flottables poursuivi par son traîneau, lui il connaît les essences de toute *sa* forêt, il sait ce qu'il est bon de couper afin de mieux reboiser et ce qu'il faut impérativement conserver, il reconnaît les chermès du sapin à plusieurs centaines de mètres, il les voit apparaître comme des nuées cotonneuses sur les flèches des conifères, et il sait ce qu'il faut faire, il sait quand il est encore temps de traiter l'arbre, quand il faut brûler les bestioles, mutiler les branches, désinfecter les plaies du tronc pour tout faire rentrer dans l'ordre au plus tôt, ou quand il faut l'abattre. Gloria se dit que le chagrin et la rage du père Buch lui tiennent lieu d'aiguille fixe. Comment échapper à la nostalgie, et à l'inquiétude que fait naître l'avenir ? Comment sortir de cet état si intranquille ? Elle retraverse la cour et appelle Loulou, elle la trouve dans la grange avec les chiens autour d'elle, elle se cache au milieu de machines inutilisables et de grands sacs en plastique noir remplis de cochonneries impossibles à identifier – tout est écrit en chinois. La petite ressort de là, joyeuse et tourbillonnante, embaumant le cambouis et le chien.

« On reviendra ? demande-t-elle.

— On verra », répond Gloria.

Loulou explore les lieux : elle suppute (elle espère) qu'il y a une pièce cachée quelque part. Elle adorerait entrebâiller la porte d'une penderie et qu'un long couloir ténébreux apparaisse, ouvrant vers une partie insoupçonnée de la maison parce que invisible de l'extérieur. Stella visse son index sur sa tempe en écoutant sa petite sœur qui divague. Loulou se fâche puis se défâche. On dirait une giboulée de mars.

Gloria a toujours pensé que si ses filles étaient nées au Liban en pleine guerre ou dans une hutte en Amazonie ou dans un igloo, elles auraient accepté comme une évidence le sort qui était le leur, petits animaux adaptables à n'importe quel environnement. Et que ces qualités d'adaptation, à cause de leur jeune âge, étaient encore assez vivaces en elles pour qu'elles s'accommodent sans trop de douleur à un nouveau mode de vie. Ainsi Gloria se rassure-t-elle.

Mais parfois, la nuit, après l'extinction des feux, assise sur le porche en buvant de l'eau pétillante glacée (elle a tout remplacé par de l'eau pétillante glacée), elle se demande si son projet a du sens. Si son désir de se mettre à l'abri et de mettre à l'abri des dangers du monde ceux (celles) qu'elle aime n'est pas une résurgence de son enfance. Elle a été une fillette très solitaire, instinctive et un brin mystique qui, tout comme Loulou, parlait à pas mal de gens invisibles. Cette tendance prenait des formes plus inquiétantes chez Gloria enfant, elle avait abrité longtemps une petite voix qui lui dictait la manière de se comporter, une petite voix qui l'avait convaincue qu'elle, Gloria Marcaggi, était une élue et qu'elle avait une mission à remplir, une mission de l'ordre du cosmique, bien entendu, une mission qui tenait du sauvetage de l'humanité, sinon à quoi servait toute cette mascarade, on naît on vit on meurt, et hop c'est au tour de quelqu'un d'autre ? Quand elle avait sept ans, elle se répétait, Tout cela doit bien avoir un sens.

Le hasard est tellement difficile à admettre, lui disait Tonton Gio en haussant les sourcils et en opinant d'un air affranchi.

Gamine, elle avait proposé à son père de construire un bunker dans le jardin de

Kayserheim. Elle regardait beaucoup trop d'épisodes de *La Quatrième Dimension*, c'était l'une de leurs occupations favorites du samedi, ils étaient dans l'appartement de Vallenargues, elle s'allongeait sur le canapé, posait ses jambes sur les cuisses de son père, et lui, il lui caressait les mollets d'une main et de l'autre tenait une cigarette tendue au bout de son bras afin que le moins de fumée possible pénètre dans les poumons tout neufs de sa fille, ils adoraient ces histoires d'invasions extraterrestres et cette menace permanente d'une bombe qui vous tomberait sur le coin du nez et ne laisserait plus derrière elle que dévastation et un ou deux humains hagards, mais Gloria était une petite fille impressionnable et même si l'époque n'était plus à l'imminence d'un conflit en noir et blanc entre Soviétiques et Américains, il lui semblait logique, comme l'indiquait clairement sa lubie du bunker, de protéger d'abord sa famille et elle-même avant de s'atteler à sauver le reste de l'humanité. Un peu comme dans les avions quand on vous enjoint d'ajuster le masque à oxygène sur votre visage avant de le faire sur celui de vos enfants.

(Cela dit, Gloria sait très bien qu'elle aurait beaucoup de mal à ne pas placer le masque à oxygène sur le visage de ses enfants *avant* de se préoccuper de savoir s'il y en a un pour elle (elle ne peut pas s'empêcher de voir cette mesure comme une forme de cynisme tacite et/ou fataliste – qui a jamais survécu à un crash aérien en enfilant un gilet de sauvetage ou un masque à oxygène ? –, mais bienheureusement Gloria n'a jamais pris l'avion, seule ou avec ses enfants). Samuel, dès qu'ils avaient eu Stella, avait constaté cette tendance sacrificielle chez Gloria, il s'en moquait gentiment en appelant cela « le syndrome de la maman pélican », dévorez mes entrailles, chers petits, puisqu'il n'y a plus que ça à manger. D'une certaine manière, on peut considérer que se transformer en maman pélican éloignait Gloria de l'atavisme des femmes Schalck.)

Pour en revenir au bunker, son père avait refusé. Ou plutôt il avait temporisé. Selon son habitude. Habitude qu'il cultivait avec sa fille comme avec sa femme. De toute façon, Gloria, versatile, était vite passée à d'autres projets – se procurer un sismographe, un compteur Geiger, s'entraîner à dormir le moins possible, calculer les calories de chacun de ses repas (goûter compris).

(Vous comprendrez bien ainsi que la conviction de Tonton Gio que le monde partait à vau-l'eau était du sur-mesure pour Gloria et qu'il ne pouvait pas y avoir d'oreille mieux disposée pour ce discours hautement anxiogène – même si à l'adolescence elle avait enfoui soigneusement au fond d'elle ses propres tendances apocalyptiques pour tenter de vivre sa vie de jeune fille libre. Cette prédisposition à l'attente de l'apocalypse ressemblait à ces infections que vous portez en vous et qui vous laissent en paix parfois pendant des années, tapies dans vos organes, avant de sortir au grand jour et de clamer, Tadam, ne me dis pas que tu m'avais oubliée ?)

Pour toutes ces raisons la présence du vieux Buch à côté de chez elle met Gloria mal à l'aise, elle va l'éviter pour ne pas cultiver ses propres penchants, elle ne se fait pas confiance dans l'évaluation des risques. L'erreur inverse serait de taire son intuition et d'endormir toute vigilance à cause de la peur de virer totalement paranoïaque. Ainsi, avant de se décider à quitter Vallenargues, Gloria avait-elle pris le temps de s'assurer que Pietro était devenu, sans conteste, une menace pour leur sécurité. Il lui paraît par conséquent évident qu'elles ne retourneront pas à Vallenargues après l'été – elle n'en a pas clairement informé les filles. Au début elle avait pensé les scolariser à Kayserheim sous un faux nom. Qui demande les papiers d'identité d'un enfant au moment de son inscription à l'école. Puis elle s'était dit, Calme-toi calme-toi. Pour elle, élever seule des enfants pourrait s'apparenter à tenir la bride à la panique. Mais Kayserheim l'apaise, le bruit de la rivière et les fragrances vertes et fraîches de la forêt l'apaisent, la terre tiède qui exhale la chaleur de la journée l'apaise, il y a aussi cette odeur de poisson qui flotte dans l'air et que Stella déteste, mais Gloria y trouve l'assurance que le lac est encore poissonneux. Même les aboiements des chiens du père Buch ne la dérangent pas. Elle peut rester des heures le soir pendant que la nuit tombe, les pieds sur la balustrade, son seau plein de glaçons à sa droite, où sa bouteille d'eau pétillante flotte de plus en plus à mesure qu'elle la vide, entendant le bruit de la télé derrière elle – elle en a racheté une aux dimensions moins éléphantesques –, devinant les filles vautrées sur le canapé, Loulou passionnée par l'un de ces programmes familiaux dont on vous abreuve durant l'été, tandis que Stella lit – Stella adore lire, c'est une chance –, Stella qui jette ponctuellement un œil sur l'écran en secouant la tête et en ricanant comme si tout ce qu'on leur présente là n'est qu'une farce et qu'elle n'en est pas dupe un seul instant.

Gloria est certaine de ne jamais avoir parlé de la maison de Kayserheim à Pietro. Peut-être avait-elle évoqué les « petites vacances » en Alsace de son enfance. Mais rien de plus précis. Elle en mettrait sa main au feu. Elle peut donc se permettre d'imaginer sa rage à la découverte de leur disparition. Elle s'en délecte. C'est comme un frisson enivrant.

8

Gloria sentait un regard posé sur elle mais quand elle se retournait elle ne voyait jamais personne.

9

Ce dont Samuel rêvait c'était de *recentrer* son activité : se dégoter un hangar et y retaper des meubles dénichés à droite à gauche.

Mais en réalité, si on voulait bien cesser de se bercer d'illusions, il souhaitait simplement devenir faussaire. Samuel était en effet plutôt habile pour vieillir des objets, des meubles ou des tissus qui ne présentaient au départ pas grand intérêt, et ceci afin de les revendre à des brocanteurs complices qui pigeonnaient les amateurs non éclairés. Il ne s'adonnait à cette pratique que très occasionnellement. Il n'en avait pas le temps, n'était pas assez sédentaire pour cela et ne disposait pas de lieu où stocker de grosses pièces. Pour le moment son activité principale était donc la récupération. Il récupérait des objets pour le compte de collectionneurs – et d'antiquaires. Rien de bien réglementaire là-dedans. Les objets en question avaient rarement atterri de manière légale entre les mains de celui qui les confiait à Samuel, lequel se chargeait de les apporter discrètement et rapidement au commanditaire.

Il lui était arrivé de convoyer des animaux en bateau depuis Tanger. En général il s'agissait de singes magots et de serpents, des vipères de l'Atlas ou des cobras d'Afrique du Nord. Mais un jour il avait dû récupérer une gazelle dama, superbe créature à la tête blanche et aux articulations si nerveuses qu'elle semblait trembler et à deux doigts de s'effondrer, il l'avait contemplée entre les barreaux de sa caisse, ses yeux étaient noirs et pourvus de longs cils émouvants, et ils s'étaient évalués l'un l'autre, lui, le petit mec débrouillard et sans scrupule, et elle, la princesse des steppes herbeuses, représentante d'une espèce dont il ne restait plus que quelques spécimens – ce que Samuel ignorait. Il avait cependant ressenti une sorte de désarroi, il avait eu l'intuition, une fois n'étant pas coutume, d'avoir face à lui la dernière licorne.

Et donc, quand le skipper avait prévenu qu'un patrouilleur des gardes-côtes les avait repérés, et qu'il leur avait enjoint, à Samuel et aux deux bas du front qui faisaient partie de l'équipage, de mettre la bestiole à la baille, Samuel avait été pris d'un vertige :

« On peut pas faire un truc pareil.

— Si tu le fais pas, c'est toi qui finis en cage, connard », avait répondu le skipper.

Les deux bas du front n'avaient pas hésité et Samuel avait dû leur prêter main-forte, il avait seulement dit :

« On ne va pas la laisser se noyer dans cette putain de caisse. »

Alors le bas du front numéro un lui avait dit en ricanant :

« T'as qu'à lui en mettre un coup derrière les oreilles, chochotte. »

Et Samuel s'était senti terriblement démuni, il avait aidé à passer la caisse par-dessus bord et comme celle-ci n'était pas spécifiquement maniable, le bas du front numéro deux s'était donné du cœur à l'ouvrage en insultant la gazelle. On entendait – Samuel avait entendu – les pattes de la gazelle, qui tentait de reprendre son équilibre, produire un trépignement lugubre.

Quand il vit la caisse disparaître sous l'eau, Samuel décida que c'était sa dernière expédition pour rapporter des animaux. Il allait dorénavant se contenter de récolter des objets inanimés que les collectionneurs aux obsessions aussi multiples que farfelues lui demanderaient de récupérer. Quand ils accostèrent à Marseille, le skipper partit s'expliquer avec le commanditaire et Samuel s'assit à la terrasse d'un café sur le Vieux-Port. Il se sentait tellement triste, il pensa à son père et à sa mère, à la petite ville d'Anjou d'où il venait, à la mercerie fermée depuis des lustres qu'avait tenue sa grand-mère, à la départementale qui saignait le village en deux, au marchand de journaux et au centre commercial excentré, il pensa à la modeste maison de ses parents, avec à l'arrière le potager que son père cultivait quand il revenait de ses voyages – il était chauffeur routier –, et il sut que sa mère serait tombée en pleurs si elle avait appris ce que son fils avait commis là. Il fut pris d'un accès de mélancolie que les molécules d'éthanol accentuaient dangereusement. Il se sentait grave et vieux. Et il n'arrêtait pas de revoir le regard de sa licorne en y lisant, a posteriori, soit des reproches soit l'acceptation de la fatalité soit une malédiction, il n'était plus sûr de rien.

Alors quand il avait rencontré Gloria et qu'elle lui avait annoncé qu'à dix-huit ans elle toucherait assez d'argent pour les mettre à l'abri un moment, il s'était mis à caresser cette idée d'entrepôt et de travail manuel. Elle l'en avait informé un matin très tôt dans le cabanon bleu, ils fumaient au lit et écoutaient les mouettes, une strie de lumière passait entre les stores et arrivait droit sur la fossette de la joue de Samuel, microscopiques poussières dans le rai de lumière d'un rétroprojecteur, elle avait pensé que quelqu'un essayait de lui montrer quelque chose, comme lorsque le soleil désigne le centre de la rosace dans le temple englouti. Ils se souriaient, Samuel s'était levé afin de préparer le café et, quand il était revenu, elle lui avait parlé de l'argent qui « tomberait » le jour de ses dix-huit ans.

Elle avait tendu le bras, pris son sac à main qui traînait sur le sol, fouillé à l'intérieur et trouvé la carte de l'avocat de son père, elle l'avait donnée à Samuel et il avait lu tout haut « Pietro Santini » en roulant des yeux. Il avait répété « Pietro Santini » en caricaturant l'accent corse. Elle avait ri. Il avait balancé la carte par terre et s'était allongé sur elle, comme ils aimaient s'allonger l'un sur l'autre, parfaitement imbriqués, et il l'avait appelée « ma petite héritière ».

10

Jusque-là, Gloria n'avait connu avec ses filles que les étés au bord de la mer à Vallenargues. Des étés brûlants, salés, moites, ensablés, qui se composaient principalement de longues siestes pendant les heures chaudes de l'après-midi et de batailles de brumisateur entre les deux petites – à l'époque elles étaient encore deux petites. Vers dix-sept heures elle les emmenait en voiture sur la plage de Malibu (du nom de la boîte de nuit qui la surplombait) et depuis le rivage elle les regardait nager, ou plutôt s'ébattre et s'asperger, faire le poirier, Loulou avec ses brassards jaunes qu'elle appelait des nageottes, et Stella en maillot une pièce de compétition, toutes deux si visiblement joyeuses et affairées, érigeant des châteaux de sable, ramassant des coquillages et des pierres parfaites (Loulou), faisant des ricochets (Stella), trempant les biscuits de leur goûter dans la mer, suçant des coquillages et récoltant avec leurs épuisettes de toutes petites méduses aussi transparentes et gélatineuses que des substances du corps humain.

Gloria était alors à la fois comblée et emplie de tristesse. De cette tristesse tranquille et fantomatique qui lui tenait compagnie depuis la disparition de son grand amour. Une tristesse habitable, confortable, sur mesure, qui était devenue une façon de vivre et d'élever ses filles le plus tendrement et le plus attentivement possible.

11

Plus les jours passent, plus Stella a l'air de s'habituer ou de se faire une raison. Elle parvient même à trouver amusant d'aller en voiture à la décharge jeter tout le fourbi du salon – la vieille télé, la vitrine pleine de chouettes, mais on a gardé les photos d'Antoinette Demongeot évidemment. Elles ont découvert que la chambre du bas était encombrée d'un bric-à-brac pathologique. Antoinette Demongeot y avait entreposé tout ce qui ne pouvait pas s'entasser ailleurs et elle avait converti cette pièce en une sorte de grand placard dont elle aurait décidé de ne plus jamais ouvrir la porte (de peur que le bric-à-brac en question ne se déverse sur elle, congestionné comme il était, et ne la submerge mortellement). Antoinette Demongeot n'avait jamais rien jeté, elle avait récolté, amoncelé, aggloméré, et elle s'était retrouvée embarrassée par le fruit de ses collectes car elle était prise dans une contradiction insupportable : elle n'aimait pas avoir sous les yeux cette accumulation d'objets presque morts, mais elle chérissait l'idée de les savoir quelque part dans sa maison. Antoinette Demongeot gardait tout, les réveils qui ne sonnent plus mais qui indiquent encore l'heure, les guirlandes lumineuses dont une partie seulement des ampoules a grillé, les sacs à vomi (vides, Grand Dieu, mais souvent percés) qu'elle collectait lors de chaque vol vers l'Espagne, les bougies pas complètement consumées, les jeux de cartes auxquels il ne manque que deux as et le 7 de carreau, les parapluies avec une seule baleine brisée, les élastiques dont le caoutchouc part en chiquettes, les barrettes qui ne sont pas assez courbes et qui glissent dès qu'on les clippe sur une mèche de petite fille, les boîtes de chocolats vides (si élégantes qu'il est impossible de les jeter), les puzzles amputés d'une dizaine de pièces, les livres qu'on ne lira jamais, et puis des sacs à sacs plastique à sacs plastique à sacs plastique à sacs plastique.

Après ce jubilatoire débroussaillage, Stella et Loulou ont choisi avec leur mère de nouveaux meubles sur Internet – uniquement accessible sur le téléphone portable de Gloria dont elle ne se sépare presque jamais. « Il est greffé ? » demande souvent Stella, goguenarde. Elle sait bien que sa mère craint qu'elle ne tente de joindre ses amis. Gloria lui dit, « Laisse-nous un peu de temps, après tu pourras même les inviter à venir ici. » Ça fait ricaner Stella : qui pourrait avoir envie de quitter les rives de la Méditerranée pour aller s'enterrer à Kayserheim ?

Puis elles ont attendu les livreurs, déballé les cartons, tenté de comprendre les notices de montage, se sont fiées à leur intuition, pas mal engueulées, avant de s'affaler enfin sur leur nouveau canapé, les pieds sur leur nouvelle table basse, face à leur nouvelle télé.

Gloria a fait installer l'éclairage automatique dans le jardin. Mais comme les chevreuils le traversent dans la nuit pour rejoindre le lac et se délecter des feuilles des chênes qui le bordent, elle l'a débranché. Elle se réveillait trop souvent, le cœur battant, pour se retrouver stupidement en culotte sur le perron, Beretta en main, yeux écarquillés.

Après ses premières réticences, Stella a visiblement commencé à apprécier la maison, ses moulures, ses fenêtres aux vitraux gauchis dans les escaliers, sa vieille beauté, quelque chose de fané et de poudré, comme une dame très âgée qui refuserait de lâcher la rampe. La cuisine est un endroit merveilleux : elle sent le feu de bois, la forêt et l'herbe fraîche, elle est pleine d'objets qui n'ont pas l'air morts mais assoupis. Des ustensiles auxquels on serait bien en peine de trouver un usage. Ce pourrait devenir un jeu : « À quoi sert ce truc ? À visser, écaler les œufs ou faire dégorger les escargots ? » La cuisine a mystérieusement échappé à la frénésie de modernité polyéthylène d'Antoinette Demongeot. C'est une cuisine pour faire de la pâtisserie ou des confitures, une cuisine avec des étagères sur tous les murs, un buffet monumental, un évier en pierre et un poêle.

Certains soirs de juillet elles allument un feu dans le jardin, parce que Loulou adore la façon dont les aiguilles de pin s'embrasent, explosent, se tordent en crépitant et s'étiolent à toute vitesse. Stella n'exprime pas son enthousiasme mais ces soirées dans l'obscurité sont parfaites, elle est assise sur un billot de bois et fait cramer des chamallows en racontant des histoires qui font peur à sa petite sœur, Gloria est installée sur la chaise longue de sa grand-mère, elle a Loulou allongée sur elle, qui tente d'apercevoir des étoiles filantes (et qui crie qu'elle en voit même quand le ciel est nuageux). Des dizaines de chauves-souris filent dans l'obscurité et les frôlent. Loulou les appelle toutes Sophie. Elle souhaiterait en apprivoiser une ou deux.

Quand Gloria indique le moment du décollage-lavage-de-dents-coucher, Loulou demande précipitamment qu'on parle de leur père.

Elle dit, « C'est pas juste, moi je l'ai pas connu. »

Elle sait que ni sa mère ni sa sœur ne peuvent résister à sa supplication.

« Ça se fait pas. »

C'est donc l'heure idéale pour parler de Samuel, l'heure argentée, murmurante, confessionnelle, l'heure sentimentale, il faut des heures sentimentales pendant la nuit puisque nous sommes des animaux si emplis de désarroi et si tendres.

Gloria soupire, on pourrait croire qu'elle est fatiguée de raconter encore une fois cette histoire de père merveilleux et disparu, mais en fait non, il ne s'agit pas de cela, il s'agit d'un soupir de confort que fait naître en elle la répétition des choses, la répétition de la légende. Elle dit, « Tu veux quoi ? »

Et Loulou passe commande, Loulou demande « La rencontre », « Le cabanon », « Le petit hôtel de Marseille avec le pélican à la patte cassée au fond de la baignoire », « Le voyage en Italie ». Parfois elle demande, « L'incendie. »

Quand Gloria lui raconte la nuit de l'incendie, Loulou pleure, elle pleure à cause de sa propre absence, elle aurait voulu être là, tout comme Stella, quand les pompiers ont appelé, réveillant Gloria, elle veut des détails sur le réveil de Gloria, à quoi elle a pensé en entendant la sonnerie du téléphone, ce qu'elle s'est dit quand la voix dans le combiné s'est présentée et lui a annoncé que l'atelier était en train de partir en fumée, Gloria ne se souvient pas bien, elle n'a que sa propre stupeur en tête, un bruit sourd dans les oreilles, un bruit qui empêche de bien entendre ce qu'on lui raconte au téléphone, on dirait une explosion sous-marine dans ses tympans, elle se souvient seulement que sa bouche était comme du cuir, elle se souvient de sa soif, alors elle invente, Loulou imagine un pompier casqué en train d'appeler au milieu de la nuit, elle le voit qui rutile dans les flammes et elle pleure, elle pleure d'avoir loupé son père, elle pleure de n'avoir été à ce moment crucial qu'un minuscule agglutinement de cellules dans le corps de sa mère, « Une toute petite personne, rectifie toujours Gloria. Une toute petite personne avec des oreilles pour entendre la voix de son papa et une peau pour sentir ses caresses », elle dit que Samuel savait déjà que Loulou était dans son ventre avant que l'accident survienne, et qu'il le caressait en parlant à la petite personne, ce n'est pas vrai mais ça n'a aucune importance, Loulou pleure, et Stella et Gloria la laissent pleurer, c'est un chagrin précieux, sucré, conjugué. Loulou demande alors à Stella de raconter leur père, et Stella parle de piscine, de glaces à l'eau, de rugby à la télé, de cigarettes, et de poulet tandoori le samedi soir.

Loulou conclut, « En même temps, il me manque moins qu'à toi, vu que je l'ai pas connu. »

Et on achève la soirée par la naissance de Loulou. La beauté de Loulou toute nouvelle-née, l'émerveillement et l'amour qui les liaient déjà toutes trois « contre vents et marées ».

Amen, pense Gloria.

12

Jusqu'aux huit ans de Gloria, sa grand-mère maternelle habitait une grande partie de l'année dans la maison de Kayserheim, et Gloria y allait tous les étés. Antoinette Demongeot était une vieille femme très maigre qui passait son temps à prendre le soleil sur une chaise longue au milieu du jardin, parfois même en maintenant une plaque d'aluminium sous son menton pour être sûre de ne laisser échapper aucun rayon de soleil. En général elle était en soutien-gorge et en short. Gloria étudiait avec application son étrange peau bronzée et fripée, beaucoup trop de peau pour un corps si menu, ses côtes apparentes comme une nasse à homards, et la couleur amande grillée que prenait l'ensemble. Ses cheveux blonds formaient une auréole moussue au-dessus de sa tête tant et si bien qu'ils avaient l'air flous, elle y piquait des barrettes en strass, et le tout évoquait une barbe à papa jaune mouchetée de minuscules tessons de verre. Elle n'aimait pas particulièrement les enfants. Pour l'amadouer, la mère de Gloria avait souhaité appeler sa fille Antoinette.

Mais le père de Gloria, dans un rare acte de rébellion, une fois n'étant pas coutume comme nous le disions plus haut, l'avait déclarée à l'état civil sous le prénom de Gloria. Antoinette en deuxième prénom. Mais Gloria en premier. À cause de la chanson de Van Morrison. Et à cause d'Antoinette Demongeot à qui aucun père n'aurait souhaité que sa fille ressemblât. Avait-il mûri son projet de substitution des prénoms pendant les derniers mois de la grossesse de son épouse ou s'était-il décidé brusquement face au fonctionnaire de l'état civil ? J'opterais pour la deuxième solution, il n'était pas un homme duplice. Il avait sans doute plutôt eu en tête, au moment d'inscrire le prénom de sa fille sur le formulaire prévu à cet effet, le visage orange de sa belle-mère, cette peau de shar-peï, et le méchant regard qu'elle jetait sur toute chose. Saisi d'une inspiration, il avait appelé leur fille Gloria.

Jusqu'à son départ et même sans doute au-delà, sa femme lui en voudrait de s'être permis cette liberté. D'ailleurs elle n'appellerait jamais Gloria par son prénom. Elle dirait toujours Poussin.

Antoinette Demongeot passait une partie de son année à Kayserheim, dans la maison de son enfance, et l'autre partie en Espagne, près de Benidorm, chez des amis qui jouissaient d'une vaste villa surmontée d'un solarium – une terrasse en béton aussi brûlante et vide qu'une planète toxique.

Antoinette Demongeot était née Schalck. Mais elle détestait ce nom. Il signifiait bouffon ou serviteur, alors qu'elle expliquait que la famille de feu son époux, avant la Révolution, portait le nom De Mongeault, en deux mots, avec particule et orthographe satisfaisante. Elle s'était donc approprié la généalogie de son mari puisque celle-ci lui paraissait bien mieux convenir à l'image qu'elle se faisait d'elle-même.

On l'aura compris, Antoinette Demongeot n'était pas une grand-mère qui vous coupe votre jambon en morceaux, vous file des chips en douce, vous propose de l'aider à faire de la gelée de groseille, vous supplie d'endosser une petite laine quand vous sortez, s'inquiète de vous voir fatigué en pensant que vous n'avez pas assez mangé, tricote en écoutant la radio et vous apprend à identifier le chant de la grive quand elle imite le merle.

Mais la mère de Gloria qui avait toujours souhaité plaire à sa propre mère emmenait régulièrement sa fille à Kayserheim et vantait à la vieille femme les mérites de Poussin, si gentille, si douce, si belle et si douée en dessin.

Antoinette Demongeot souriait en retour en disant, Il faudra que tu me racontes ça.

Fascinante lèvre supérieure avec son maillage de rides verticales que Gloria ne pouvait s'empêcher de scruter dans le but de les compter quand sa grand-mère se penchait pour, parfois, s'adresser à elle.

La mère de Gloria, Nadine, avait rencontré le père de Gloria, Roberto Marcaggi, alors qu'elle n'avait que cinq ans et lui vingt. À ce moment-là, elle l'intéressait à peu près autant qu'un bobsleigh captiverait une écrevisse, ce qui n'avait rien d'extravagant bien entendu, c'est l'inverse qui eût été inquiétant. Elle n'était que la jolie petite fille (robe à smocks et couettes sautillantes) qui habitait dans la maison près de la forêt, maison voisine à la mode alsacienne, distante de presque un kilomètre, et qu'il apercevait fugacement (la petite, pas la maison) quand il rendait visite, bon garçon qu'il était, à sa famille expatriée en Alsace.

Roberto vivait en effet sur la Côte, comme on disait alors, mais avait gardé l'habitude d'aller séjourner régulièrement quelques jours chez ces cousins alsaciens, ainsi qu'il le faisait déjà enfant pendant les petites vacances et une bonne partie des grandes lorsque sa mère ne pouvait pas s'occuper de lui. La famille Marcaggi était éparpillée entre l'Alsace et la Lorraine, mais la mère de Roberto qui n'avait jamais réussi à s'habituer aux hivers négatifs avait préféré s'installer dans le Sud, sur la Côte, à Vallenargues, où elle avait été couturière-retoucheuse et avait gagné suffisamment d'argent pour son fils et elle-même (le père Marcaggi n'était pas revenu de la guerre, la Seconde, celle qu'on espère encore ultime). Mais tout cela est vraiment une autre histoire qui risquerait de nous entraîner fort loin, on pourrait d'ailleurs s'installer confortablement et remonter d'un couple mal assorti à un autre couple mal assorti, d'une vie bien ratée à une autre vie pas folichonne, et on arriverait en plein quinzième siècle en Corse, dans les châtaigneraies, avec des hommes rudes mais bons, et des femmes possessives et toujours de noir vêtues. Je m'abstiendrai donc.

Sachez juste que si Nadine Demongeot se balançant sur son escarpolette avec ses chaussettes tire-bouchonnées et son ennui profond ne passionnait en rien le fringant Roberto Marcaggi, la réciproque n'était point vraie. Roberto Marcaggi, le beau gosse ténébreux de chez les Ritals d'à côté, faisait chavirer le cœur de la petite fille. Elle l'épouserait et il serait le père de ses enfants. C'était décidé. Elle n'avait aucun doute sur la question. Elle priait chaque soir à cet effet et s'imposait des défis idiots (avaler des cailloux, ne pas parler à sa mère pendant une journée entière, marcher sur la voie ferrée juste avant le passage du train de 16 h 42) afin de se prouver qu'elle était à la hauteur d'une gageure aussi folle que de parvenir à se faire épouser par l'intermittent beau brun d'à côté. On disait qu'il était dans la métallerie sur la Côte et qu'il touchait sa bille. On disait qu'il gagnait bien sa vie. Mais quels que fussent ses revenus, la vérité vraie était qu'il portait un blouson en cuir, des chemises satinées et des rouflaquettes divinement fournies.

Antoinette Demongeot, vigilante comme une chouette, avait décelé le béguin précoce de sa fille et, si elle avait d'abord pris la chose pour une fantaisie enfantine, elle avait vu avec effroi cette tocade perdurer et se renforcer. La situation, dois-je vraiment le préciser, ne lui avait pas du tout convenu, elle était pleine d'ambition pour Nadine et visait plutôt un déploiement ascensionnel de la branche Demongeot vers les notables de Kayserheim – médecin, dentiste, et, faute de grives, pharmacien.

Quel ne fut donc son désarroi quand Nadine, l'année de ses dix-huit ans, en plein mois d'août, tomba enceinte de Roberto Marcaggi. Elle frappa sa fille avec une savate mais se résolut au principe de réalité puisque personne ne parlait sérieusement de faire passer l'enfant, alors Roberto maria Nadine, ce qui était au fond prévu par Nadine depuis des lustres.

Dès lors Nadine, devenue mère, vit ses gènes Schalck prendre le dessus et se retrouva pleine d'indifférence pour sa fillette née quelques mois plus tard, notre Gloria. La malédiction des femmes Schalck : elles engendrent des enfants dont elles se désintéressent dans l'instant. Indifférence qui les rend vaguement malheureuses : elles se devinent inadéquates dans leur rôle de mère, et du coup la culpabilité les porte à devenir agressives, démonstratives quand il ne le faut pas, et insensibles le reste du temps.

N'excluons pas le fait, par ailleurs, que le discours d'Antoinette Demongeot ait pu avoir des facultés épidémiques. Assez rapidement, en effet, Nadine Marcaggi née Demongeot, partie vivre sur la Côte avec son mari et son bébé, considéra que toute cette histoire de mariage et d'enfantement était très en deçà de ses compétences. Elle avait sa mère au téléphone trois fois par semaine, chaque coup de fil durait quarante minutes, elle s'installait sur le balcon de l'appartement avec le téléphone sans fil, elle parlait sur le ton de la confidence en jetant des coups d'œil furtifs vers le salon comme si on risquait de la surprendre à dévoiler des secrets qui pouvaient mettre en danger l'Occident, mais la majeure partie du temps elle ne disait rien, elle restait assise, le combiné sur l'oreille, effeuillant les plantes vertes en pot, laissant la terrible Antoinette instiller son poison dans le joli cerveau un peu vide de sa fille.

Le premier handicap de Roberto Marcaggi, dans le système d'évaluation de sa belle-mère, était son métier : il était tourneur-fraiseur. Sauf que, astucieux comme il l'était, il s'était associé à un garçon travailleur, un certain Fromental, et ils avaient monté tous deux à Vallenargues une petite fabrique de roulements à billes de haute précision, qui était bientôt devenue une usine aux dimensions tout à fait honorables. Ils travaillaient notamment pour l'aéronautique et participaient à l'élaboration de bras spatiaux, et aussi chirurgicaux. Néanmoins cela ne suffisait pas à Antoinette Demongeot et par conséquent cela ne suffisait pas non plus à Nadine Marcaggi née Demongeot.

Cette infirmité était suivie de toute une flopée d'insuffisances dont l'habitude affligeante de Roberto Marcaggi de ponctuer ses phrases de « voili-voilou » et de « dacodac » n'était pas la moindre.

Nadine s'ennuyait. Elle passait beaucoup de temps en voiture à rouler à toute vitesse sur la corniche. Son mari lui avait offert une Coccinelle décapotable noire – qui allait remarquablement bien avec tout, c'est pratique le noir, c'est chic, c'est un peu l'élégance cardinale. Nadine Marcaggi asseyait sa fillette à l'arrière dans un siège-auto, elle ne pouvait tout de même pas la laisser seule à la maison puisque la justification de ses balades était de faire prendre l'air à la petite. Et c'était en effet le cas. La petite prenait tant l'air qu'elle revenait les cheveux emmêlés en gros nids de nœuds que sa mère débroussaillait avec un peigne et un produit idoine, Gloria assise entre ses jambes, pleurant silencieusement pour ne pas agacer sa mère et pour ne pas l'empêcher de regarder le feuilleton qu'elle suivait à la télé. Contre toute attente, malgré les tiraillements du crâne, ce démêlage quotidien était un moment assez agréable. Car Nadine Marcaggi, allons bon, n'était pas si mauvaise, elle râlait beaucoup, obscurément insatisfaite, mais elle se rendait compte qu'elle n'était pas très juste avec cette petite fille sage qui lui répétait tout le temps qu'elle l'aimait. Alors elle finissait par abandonner son démêlage, « On continuera demain », se renfonçait dans le canapé et gardait la petite entre ses cuisses, toutes deux tentant de suivre les péripéties des séries policières que Nadine Marcaggi appréciait tant. Comme elle plaçait sa main devant les yeux de sa fille dès qu'apparaissait sur l'écran un cadavre ou quelqu'un de menaçant avec une arme à feu, la petite assistait à un spectacle discontinu, totalement incompréhensible. Mais un spectacle qui avait la vertu d'adoucir sa mère. Il s'agissait d'instants délicieux pour Poussin qui ne les aurait pas échangés contre toutes les Barbie du monde.

L'un des symptômes de l'insatisfaction de Nadine Marcaggi était sa guerre contre les objets. Dès que quelque chose lui échappait des mains, elle se mettait à mugir. Dès qu'elle trouvait un ustensile à un endroit qui lui paraissait incongru (une assiette à dessert au milieu des assiettes à soupe, par exemple), elle se mettait à enfler et à gronder et à tempêter. Elle entretenait une relation singulièrement conflictuelle avec les objets : elle les insultait et les envoyait valdinguer, se figurant peut-être qu'ils passaient leurs nuits à comploter pour lui rendre la vie infernale. Comment ne pas prendre ses accès d'humeur comme un signe de son hostilité envers tous ceux qui partageaient le même espace qu'elle, ou plus précisément de sa consternation à l'idée de devoir le partager.

Même quand son mari revendit ses parts dans l'usine de roulements à billes Marcaggi-Fromental et put leur offrir des vacances aux Seychelles, Nadine Marcaggi ne fut pas heureuse. Elle n'avait pas envie de se retrouver aux Seychelles avec son mari et sa fille. Elle n'avait pas envie que son mari passât son temps dorénavant auprès d'elle, la vente de ses parts lui ayant assuré un train de vie d'oisif si tant est qu'ils ne voyagent pas continuellement autour du monde et se contentent de rester à Vallenargues ou dans les environs.

D'ailleurs lui aussi commença à s'ennuyer, ou peut-être à se lasser (mais il ne l'aurait jamais avoué) des scènes quotidiennes de sa femme et de ce qu'il nommait « la soupe à la grimace », il se mit donc à fréquenter assidûment Tonton Gio, son ami de toujours, que dis-je, son cousin, son frère. Et ils décidèrent de monter un bar et de l'appeler La Traînée – le nom les faisait bien rire. C'en fut trop pour Nadine Marcaggi. Elle déguerpit avec son dentiste, qui utilisait des roulements à billes Marcaggi-Fromental et lui soignait les dents avec un zèle que n'importe quel mari même peu méfiant aurait trouvé suspect.

Et elle laissa son époux et la petite Gloria, sept ans, en plan.

Roberto Marcaggi quitta l'appartement dans lequel la famille vivait et emménagea avec sa fille dans le cabanon près de la mer, qu'il avait eu dans l'idée, à un moment ou un autre, de transformer en club de plongée – Roberto Marcaggi était un homme à projets. Il le peignit en bleu et ne se remit jamais du départ de sa femme.

13

À leur arrivée, en juin, Stella avait refusé de se baigner dans le lac de Kayserheim. C'était trop froid, trop vert, trop profond – ne disait-on pas qu'il mesurait cent dix mètres de profondeur à certains endroits – et c'était habité par des bestioles dont elle n'avait aucune idée. Mais Loulou, qui était un petit être aquatique, avait réussi à convaincre sa sœur de l'accompagner. Stella était d'abord restée sur le bord, de l'eau jusqu'aux genoux, les bras croisés serrés sur la poitrine, priant pour que les sangsues ne l'attaquent pas et n'attaquent pas sa petite sœur si imprudente. Comme le soleil qui perçait les frondaisons se faisait parfois impérieux, elle s'était résignée à plonger son buste dans le lac. Elle restait, cependant, immobile et raide, le visage grave, crispé, elle semblait craindre d'être emportée par un silure vers les fonds obscurs.

Gloria avait proposé des balades en barque – la barque de pêche de Tonton Gio, retournée sur le rivage et recouverte d'une toile blanche parsemée de feuilles, de glands, d'épines et de moisissure. Loulou s'était portée volontaire avec enthousiasme, elles avaient donc mis l'embarcation à l'eau et avaient pagayé, désordonnées. Stella avait décliné l'invitation, plantée sur la rive, elle leur adressait avec régularité des signes, visiblement inquiète de les savoir toutes deux flottant au-dessus de ce qu'elle ne pouvait éviter de considérer comme une fosse glacée, silencieuse et mortifère.

Quand Loulou n'était pas dans le lac, elle installait son parc d'attractions sous le sapin géant du jardin, fauteuils en osier hirsute, draps, cordes, dînette, tickets dessinés à la main, panneaux dysorthographiques, et Playmobil placés sur des branches stratégiques, ensuite elle convoquait sa sœur que tout cela ennuyait formidablement, puis revenait à la maison en fin de journée, recouverte de résine, les cheveux parsemés d'aiguilles luisantes et laissant derrière elle un sillage de citronnelle. Elle organisait des colonies de scolopendres, pêchait des tritons, expérimentait pour eux des régimes alimentaires audacieux, attrapait des grenouilles et des couleuvres. Stella l'appelait « la femme des bois ». Loulou était la responsable de l'incinérateur à l'arrière de la maison – un grand bidon en acier inoxydable –, et elle s'occupait de son potager où elle avait planté des laitues, du romarin et des tomates cerises. Sa sœur refusait d'y toucher. De toute façon Stella n'aimait rien manger d'autre que des sushis et des kebabs – pas la spécialité des petits villages d'Alsace, cette région barbare.

Gloria avait envoyé une carte postale à Tonton Gio. Entretenir une conversation téléphonique avec lui, dans l'état où il était, s'avérait parfois délicat (ses dispositions étaient variables), mais elle ne pouvait pas laisser le vieil homme sans nouvelles. Ce qu'elle faisait en général, depuis Vallenargues, c'est qu'elle appelait la voisine de Tonton Gio à Fontvieille, une grosse femme avenante qui aimait rendre service et s'aimait en train de rendre service, et elle lui demandait de lui relater le feuilleton répétitif de la vie de Tonton Gio. La voisine donnait des détails sur ce que devenait le vieil homme, s'enthousiasmait de l'attention que portait Gloria à son vieil « oncle », disait parfois, Il est plutôt en forme aujourd'hui, vous pouvez l'appeler, et, dans ce cas-là, Gloria composait le numéro de Tonton Gio, qu'elle imaginait en train de se lever péniblement de son fauteuil pour rejoindre l'entrée de sa maisonnette, décrocher le téléphone (un appareil en bakélite recouvert de velours galonné posé sur la commode, un truc moche, kaki, préhistorique, revendicatif), et quand il entendait que c'était Gloria au bout du fil, elle savait qu'il souriait, il ne faisait plus semblant de ne pas avoir de liens solides avec elle, il était trop tard pour la pudeur, il prononçait quelques mots, pas toujours dans le bon sens, il demandait des nouvelles des filles (« Filles ? » disait-il) et Gloria lui parlait et elle savait le bien que sa voix produisait à l'oreille du vieil ami de son père.

Elle a eu envie de l'appeler. On était mi-août. Il pleuvait, les filles s'étaient calfeutrées à l'intérieur, Gloria était sur le porche, elle lisait le journal de la veille et de temps à autre elle regardait les sapins qui bordaient le jardin, ils étaient noirs, pétrifiés, leurs branches piquaient vers le bas sous le poids de l'eau, on aurait dit des pénitents, la terre sentait fort, il flottait une odeur d'algues et de poisson et de cave, une odeur d'anguilles. Elle s'est levée, elle est montée jeter un œil à ce que faisaient les filles, Stella était dans sa chambre, allongée sur son lit, un casque sur les oreilles, en train de bouquiner, et Loulou construisait une tour branlante en Kapla au pied du lit de sa sœur. Gloria est redescendue, elle s'est assise à la table de la cuisine et elle a appelé Tonton Gio – Gloria passait en général ses coups de fil debout, elle arpentait le même espace en faisant les cent pas, mais le protocole était différent pour Tonton Gio, elle avait besoin de s'appliquer pour le comprendre, elle s'asseyait donc, concentrée, coudes sur la toile cirée, pieds bien à plat.

Le téléphone a sonné dans l'entrée de la maison de Fontvieille mais personne n'a répondu.

Tonton Gio pouvait très bien être en train de prendre une douche – il en prenait à n'importe quelle heure du jour, il faisait si chaud là-bas – ou bien il s'occupait de ses boîtes à musique et ne souhaitait pas être dérangé ou bien il était exceptionnellement sorti faire un petit tour du village pour se dérouiller. Mais malgré ces quelques possibilités Gloria s'est inquiétée. Elle a raccroché, posé le téléphone devant elle sur la table, l'a examiné comme s'il allait lui livrer la raison de l'absence de Tonton Gio, après quoi elle a appelé la voisine.

« Ah mademoiselle Gloria, je suis bien contente de vous entendre. Ça fait tellement longtemps. Je me suis dit que vous appeliez directement votre tonton, du coup. Et puis j'ai essayé de vous joindre mais votre numéro marche plus. Je me serais jamais permise mais c'est que je me fais un peu de mouron vu que votre tonton ça fait trois jours que je ne l'ai pas aperçu, je reviens de chez lui à l'instant, j'ai frappé, frappé, et rien, j'ai toqué à la fenêtre qui est toujours ouverte, mais, là elle l'était pas, et rien. Alors je me suis dit en revenant à la maison, et c'est pénible pour moi de remonter les marches du perron, on ne rajeunit pas, c'est à cause de mon genou, alors j'ai tout le temps de réfléchir en montant mon escalier, je me suis dit, il faudrait que je puisse joindre sa nièce, je m'inquiète un peu. En même temps vous allez me dire que vous ne pouvez pas faire grand-chose de là où vous êtes. Mais peut-être que d'un coup de voiture vous pouvez venir jeter un œil, ce n'est pas si loin Vallenargues d'ici. Et moi ça me rassurerait. Parce que depuis que votre tonton a eu la visite de son ami de Seine-Maritime, eh bien je ne l'ai pas revu. »

En entendant ces mots, Gloria a senti son pouls s'accélérer, son cœur a eu un sursaut, puis il est retourné sagement dans sa cage, tout en continuant de battre vite et fort, elle a dit (mais d'abord il lui a fallu se débarrasser de cette boule de coton qu'elle avait dans la gorge, ces petites choses qu'on a peur que les enfants avalent) :

« Quel ami ?

— Ah moi je sais pas. Mais j'ai vu la voiture s'arrêter devant chez votre tonton. Et je sais qu'il supporte pas que les voitures s'arrêtent devant chez lui, ça lui gâche la vue, alors je me suis dit, ah bah bravo, ils vont encore me l'agacer, mon gentil voisin, et en fait non, le monsieur est allé frapper à la porte et votre tonton lui a ouvert, ils se sont serré la main, mais pas comme on serre la main du facteur, enfin je sais pas si on serre la main du facteur, moi ma petite factrice je la connais tellement bien qu'on se claque la bise, enfin bref, le monsieur il a mis la main sur l'épaule de votre tonton, c'était un geste affectueux, comme pour dire, Je t'ai pas vu depuis un bail, mais là je suis venu te rendre visite, et votre tonton l'a fait entrer. Ça m'a soulagée et je suis retournée à mes haricots que j'équeutais. »

Elle s'est arrêtée, essoufflée, puis a ajouté :

« C'est la saison. »

À l'intérieur de Gloria une petite voix répétait, Oh non oh non oh non. Et c'est cette petite voix qui s'est adressée le plus calmement possible à la voisine.

« Et vous n'avez pas les clés ?

— Ah bah non. Votre tonton c'est pas le genre à confier ses clés à qui que ce soit.

— Je pense qu'il est à l'intérieur de la maison.

— Non non non moi je crois bien finalement qu'il est parti avec cet ami de Seine-Maritime.

— Vous les avez vus partir ensemble ?

— Bah non.

— Vous pouvez appeler les pompiers ?

— Ça m'étonnerait qu'ils se déplacent. Avec tous ces départs de feux alentour, ils ont autre chose à faire que de s'occuper de nos petites histoires.

— Il faut que quelqu'un aille vérifier s'il est à l'intérieur de la maison. Il a peut-être besoin d'aide.

— Bon alors je vais essayer, mais je vous garantis rien. Et puis je vous rappelle. Vous me laissez votre numéro…

— Non c'est moi qui vous rappelle dans une demi-heure. Ça passe mal ici, il faut que je me mette sur un pied au bout du jardin pour capter.

— Ah ? Vous n'êtes pas à Vallenargues ?

— À tout de suite. Je compte sur vous. »

Gloria a raccroché. Elle est restée debout à la porte de la maison, scrutant le rideau de pluie, magnifiquement vertical, tétanisant et inondant toute chose, et, pour ne surtout pas penser à ce qui avait pu se passer à Fontvieille entre Tonton Gio et son sinistre visiteur, elle a imaginé la rivière en train de sortir de son lit, le lac enflant et ses eaux traçant un chemin entre les sapins, submergeant le paysage, et la maison s'arrachant à ses fondations et s'en allant dériver vers la route. C'était un rêve de réconfort qu'elle faisait souvent quand elle était enfant. La maison de Kayserheim flottant au gré des courants de la crue, une maison nomade dont l'itinérance assurerait la sécurité de ses habitants et leur permettrait de voyager autour du monde sur tous les océans.

C'est le cri perçant de Stella qui l'a fait sortir de sa rêverie.

« Maman ! »

Gloria a gravi l'escalier aussi vite que possible. Elle a poussé la porte de la chambre de Stella, celle-ci était accroupie à côté de sa petite sœur, allongée sur le sol, sonnée, les yeux exorbités.

« Elle s'est évanouie et elle a fait pipi sur elle, a dit Stella d'une voix aiguë. Elle était là à jouer tranquillement, et puis elle a poussé un petit cri, j'ai regardé ce qu'elle fourgonnait et je l'ai vue toute blanche, elle avait un air halluciné, elle regardait l'armoire et elle est tombée dans les pommes. (Stella a repris sa respiration.) Et elle a fait pipi sur le tapis. »

Gloria a pris Loulou dans ses bras. Elle connaissait cette variété de syncope, elle y avait été sujette quand elle était enfant. Dysfonctionnement du système vagal et déconnexion pour éviter l'angoisse ou pour ne pas être terrassé par la douleur.

Sauf qu'il n'y avait rien de bien effrayant à jouer aux Kapla au pied du lit de sa sœur un jour de pluie.

« Ça va Loulou ? a dit tout doucement Gloria.

— Il y avait une dame », a chuchoté la petite.

Elle a montré l'armoire. « Juste là. »

Gloria a jeté un œil à Stella comme si celle-ci pouvait lui confirmer une chose pareille, Stella a secoué la tête et haussé les épaules pour exprimer résolument son incompréhension et le fait que, non, il n'y avait eu aucune femme qui était apparue devant l'armoire.

« Elle était très vieille et elle était tout orange. »

Gloria a senti son propre corps s'affaisser, Oh non, pas ça en plus du reste.

Gloria était en effet le genre de personne qui n'excluait pas tout à fait la possibilité que le fantôme de sa grand-mère soit revenu hanter la maison de Kayserheim – ou n'ait jamais cessé d'y errer.

Quand le calme est revenu – les filles assises à la table de la cuisine, à boire un chocolat, froid pour l'une bouillant pour l'autre, et à manger des madeleines, Loulou ressassant ce qu'elle avait vu (« une vieille dame orange avec des cheveux jaunes et tellement de rides qu'on aurait dit un zombie »), et Stella ayant repris son flegme adolescent (« oui c'est ça, et tu n'as pas croisé le fantôme des vécés ce matin ? »), plaisantant comme elle savait s'y prendre quand elle avait envie de faire rire sa petite sœur, qui ne manquait jamais alors de recracher son cacao par le nez –, Gloria a repris son téléphone pour appeler la voisine de Tonton Gio. La demi-heure escomptée s'était transformée en une heure. Une heure bien tassée, a reproché la voisine quand elle a décroché, et elle s'est mise à raconter à toute vitesse et avec délectation (la foudre était tombée si près) ce que les pompiers avaient trouvé dans la maison de Tonton Gio.

Dans le salon, Tonton Gio était assis dans son fauteuil à bascule, étranglé avec un fil en acier.

« Vous savez un de ces fils qui lui servaient à restaurer ses boîtes à musique. Heureusement qu'on lui a épargné le crâne fracassé à coups de marteau, on s'est contenté d'un étranglement propre et efficace en fouillant dans sa boîte à outils. Et quand je dis "on" je me comprends. »

Comme Tonton Gio ne répondait toujours pas, la voisine s'était résolue à appeler les pompiers qui avaient débarqué dans le quart d'heure. Ils étaient rentrés en fracassant la porte, l'un d'eux ayant remarqué l'odeur pestilentielle qui sortait du vasistas ouvert de la salle de bains à l'arrière de la maison. En attendant les gendarmes, ils n'avaient pas permis à la voisine de voir le corps de Tonton Gio mais celle-ci s'était faufilée, malgré son volume impressionnant, et elle était sûre de ce qu'elle avait entraperçu.

« Votre pauvre vieux tonton tout bleu avec déjà pas mal de mouches qui tournicotaient autour, vu qu'ici il fait pas loin de quarante dans la journée et que la nuit ça descend pas beaucoup. »

Petite pause.

« Cette nuit il faisait encore vingt-quatre. »

Gloria, assise sur le perron, serrant son gilet contre son corps, ou plutôt s'enlaçant elle-même, crevant de froid et de peur tout à coup, se disant « La trêve est terminée », tandis que la voisine détaillait ce qu'elle allait devoir faire – elle avait vu l'assassin, n'est-ce pas ? il n'était pas possible d'imaginer un suicide aussi tordu, n'est-ce pas ? ça défiait le bon sens, alors il était entendu que ça ne pouvait être que cet homme qui avait débarqué il y avait trois jours de cela, Tonton Gio ne recevait personne et ce n'était pas quelqu'un du village, n'allons pas commencer à battre la campagne, donc ça nous ramenait à l'homme d'il y a trois jours, elle avait tout de suite trouvé le type louche, elle ne l'avait pas vu de face mais c'est une question d'allure, une façon de marcher, d'ailleurs Gloria le connaîtrait-elle ? elle se souvenait de la voiture mais mal du bonhomme, à part de sa façon de marcher, il claudiquait très légèrement, mais elle n'en était même plus très sûre, la voiture était bleue, une berline, immatriculée en Seine-Maritime, ça elle en était sûre (de l'immatriculation), mais Gloria n'écoutait plus, comment expliquer à cette femme que lorsqu'on vient régler son compte à un vieux compère on ne prend pas son propre véhicule, ou bien c'est qu'on est complètement stupide, ce que n'est pas et n'a jamais été Pietro Santini.

II

Celle qui veille

14

La vie avec Samuel était tellement douce que Gloria se demandait si c'était bien normal. En matière de couple elle n'avait eu que le modèle de ses parents et il s'agissait d'un duo si déséquilibré qu'il valait mieux se débarrasser de ce repère.

Jusqu'à ses dix-huit ans, elle avait continué de travailler comme serveuse à La Traînée, parce qu'elle était attachée à Tonton Gio et qu'elle aimait avoir un emploi du temps, et aussi partager les plaintes des filles comme Jessica qui trouvent toujours le patron trop tyrannique ou, s'il est sympa, un peu trop mou. Après ses dix-huit ans elle arrêterait. Mais on n'en est pas là. Elle aimait la fin du service le samedi, le moment où l'on a réussi à éjecter le dernier poivrot soutenu par ses potes, il est trois heures du matin, dans ces eaux-là, la clientèle est très différente le samedi, l'habitué a déguerpi vers vingt et une heures trente et laissé la place à de plus jeunes et de plus tapageurs, mais maintenant la salle est vide, encore tout emplie de son agitation précédente, c'est comme un espace clos et assourdissant qui se déplace entre les murs, il faut nettoyer, on se croirait après une fête, c'est dégueulasse et ça sent mauvais, on se parle trop fort d'un bout à l'autre de la pièce, il y a Jessica qui sert de jolis cocktails sucrés et assassins à Raj et Gloria, chacun y met du sien, le samedi Mourad le videur est avec eux, il est habillé en noir, il mesure deux mètres, doit peser un quintal et demi (mais il est coquet sur la question, il ne donne l'information précise à personne) et s'entraîne au kung-fu, c'est son métier (être debout et encombrant), il est gentil, mais il peut devenir très désagréable comme tout un chacun dès qu'on le titille un peu. Ce qui est une possibilité que les crétins avinés ne souhaitent pas expérimenter. Gloria avait longtemps aimé la fin du service, l'épuisement et la douleur, les blagues et la camaraderie, ce qu'elle préférait cependant par-dessus tout c'était rentrer chez elle, au cabanon. Ses soirées à La Traînée, jusqu'au surgissement de Samuel dans sa vie, ne donnaient que plus de goût à son plaisir si complet d'être seule. Elle ne se sentait pas dans un rapport de subordination avec Tonton Gio, elle pensait que cette absence de sentiment d'allégeance était due au fait que son père avait été le cofondateur de La Traînée et que Tonton Gio l'avait fait sauter sur ses genoux quand elle était petite fille – même si maintenant il lui parlait durement sans jamais un sourire. En y regardant d'assez près, on constate que si Gloria n'entretient plus le moindre rapport de servitude avec qui que ce soit, cette attitude a à voir avec sa décision, après la mort de son père, de ne plus s'attacher à rien ni personne.

L'exception à cette règle a été le beau Samuel.

Samuel avait des yeux en fourrure (ou tout autre matière extrêmement douce et veloutée dans laquelle vous avez envie de plonger vos mains en rétractant les doigts et en ronronnant), il traficotait (ça a son charme quand on est une quasi-orpheline de dix-sept ans), il avait déjà à son palmarès beaucoup de jolies filles (il n'était pas non plus assez mature ni élégant pour ne pas s'en vanter), et elle n'en revenait toujours pas que ce fût elle qu'il aimât si éperdument.

Les gens le regardaient avec gravité dans la rue. D'abord les toutes jeunes filles, et puis les femmes mûres, celles qui portent des sacs en cuir aussi odorants qu'un atelier de sellerie et qui arborent des brushings volumineux et faussement négligés (la couleur est parfaite et la forme s'apparente à une délicate pâtisserie japonaise que rien ne met en péril), elles conduisent des 4 x 4 allemands et jettent des regards fatigués (« Étonne-moi ») à travers les vitres fumées de leur pare-brise. Quand elles voient passer un garçon comme Samuel dans leur champ de vision, elles sont bouleversées, elles sont leur mère, leur sœur et leur amante. Elles ont tout à coup conscience de leur propre nature éphémère, et cette intuition qui advient est un poison et une délectation. La majorité des hommes sont aussi sous le charme de Samuel. Ils hochent la tête avec une moue d'appréciation quand celui-ci prend la parole, ils ne se sentent même pas en compétition. Les voilà à l'aise, apprivoisés. Samuel est un animal si merveilleusement accueillant.

Gloria, quant à elle, au moment où elle rencontre Samuel, est une personne pleine de contradictions. Même si l'on peut considérer qu'elle est volontaire et toujours prête à en découdre, elle est complexée par son physique et se sent laide et petite et grosse comme une grande partie des filles sur cette planète. C'est l'une des failles par lesquelles s'insinue en elle la pression sociale – qui préfère les jeunes gens quand ils sont des supports publicitaires ambulants, et tout particulièrement les filles qui s'accommodent de leur date de péremption fixée par les mâles. La présence d'un Samuel, réconfortant et taquin, rétablissait l'ordre des choses, colmatait les brèches et fortifiait ce qui était encore en devenir chez Gloria.

Ce fut une période où tout était sexuel. Gloria et Samuel faisaient l'amour tout le temps, pendant toutes les périodes du mois, l'autre était une redécouverte, un appendice que l'on vous avait ôté tout petit encore, ce jumeau perdu, et que le destin – qui croyait à la chance ? – vous avait permis de retrouver sur votre chemin. Et vous redeveniez un être double, une bestiole siamoise qui, d'une certaine façon, autocopulait en permanence. S'en étaient ensuivis des mois de passion aveugle et d'orgueil juvénile – ils restaient tous deux persuadés d'inventer quelque chose de totalement inédit, que personne et surtout aucun de leurs parents n'avait expérimenté avant eux. La manière dont Samuel faisait l'amour, joyeuse et gentiment imaginative, évoquait à Gloria, elle n'aurait su dire pourquoi, une petite maison inondée de soleil. Gloria se levait le matin et laissait dormir son bien-aimé dans la chambre à l'odeur de parc zoologique, elle préparait le café dans la minuscule cuisine du cabanon, elle attendait immobile que la machine fasse son travail, puis elle le buvait debout en regardant la mer par la porte ouverte, elle souriait, de ce sourire d'étudiante transie qui découvre le sexe, l'amour et les stupéfiants sur un campus ou dans une chambre de bonne, qui a encore les trois quarts de sa vie devant elle et qui trouve toutes ces promesses – qu'elle ramasse comme de jolis galets – éminemment excitantes. Elle retournait embrasser son bien-aimé qui tentait de la retenir, elle lui disait, Rendors-toi, rendors-toi, et il se rendormait en diagonale dans le lit, ce lit qui avait été celui de Roberto Marcaggi avant de devenir celui de Gloria, et puis celui de Gloria et Samuel. Elle s'en allait sur sa Vespa jusqu'à La Traînée, où elle savait bien que son visage, qui eût pu s'y tromper, était celui d'une fille follement éprise, d'une fille qui avait baisé toute la nuit, elle portait sur elle l'odeur de Samuel et son odeur à elle, la même en mode mineur, et les hommes la reniflaient, restaient au comptoir quand elle y était et lui taillait un bout de causette, et Jessica la regardait en secouant la tête, elle lui disait, Tu as un de ces tonus ce matin, tu me fileras la recette, et Gloria lui donnait un coup de main, pleine de cet élan vital qu'elle était prête à partager, et se promettant, somptueusement fiévreuse et généreuse, de ne jamais devenir une

Jessica, ne se le promettant même pas d'ailleurs, elle en était tout à fait convaincue puisque entre Samuel et elle c'était si *spécial*.

Samuel découvrit avant elle qu'elle était enceinte. Sa connaissance des choses de la vie était due à une douloureuse expérience datant de l'année de ses quinze ans. Sa copine du moment était tombée enceinte, il l'avait vue se métamorphoser – une métamorphose invisible à l'œil nu d'abord mais fortement sensible – jusqu'à ce que leurs parents respectifs prennent les choses en main, les tancent et envoient la petite en pleurs accompagnée par sa mère outragée au planning familial de la grande ville.

C'était demeuré un souvenir désolant. Il s'était senti si piteux, si inadapté.

Il avait quitté la maison de ses parents peu de temps après.

En revanche la confirmation de la grossesse de Gloria fut une étape merveilleuse dans leur histoire. Elle, électrisée mais inquiète, face à un grand mystère, et lui, radieusement confiant, disant juste, Il faut que je me mette vraiment au boulot si nous sommes trois.

L'appréhension de Gloria, Je ne sais pas m'occuper des enfants, que mangent-ils, naissent-ils avec des cheveux ? Avec des dents ? se transforma vite (puisque ces questions requéraient des réponses pragmatiques qu'on pouvait dénicher sans trop de difficultés) en une interrogation plus précise mais plus obsédante : Quel genre de mère vais-je être ? Échapperai-je au fatal bataillon des mauvaises mères ?

15

Gloria s'est demandé si apprendre la mort de Tonton Gio et imaginer ses circonstances était douloureux. Ou plutôt de quelle manière c'était douloureux. C'était après le dîner, les filles jouaient aux cartes dans la cuisine, Loulou glapissait et Stella gardait cette mine impassible qui lui donnait l'air incroyablement cool. Elle avait acquis la compétence enviable de paraître s'ennuyer en toutes circonstances. Gloria ne leur a rien dit. L'histoire du fantôme orange était suffisante pour la journée.

« Je prends une douche », a-t-elle lancé après avoir fait la vaisselle. Personne ne lui a répondu. Sous la douche, elle a tenté d'évaluer son propre chagrin. Elle avait l'impression d'avoir épuisé en elle la quantité de chagrin disponible. Elle était persuadée d'être un réservoir d'amour sans limites (si d'aventure elle s'était retrouvée avec douze enfants elle les aurait aimés avec la même absolue passion, elle en était dorénavant convaincue), mais le chagrin en elle avait été asséché par la disparition de Samuel. Elle a pensé à un sol aride et brisé par des milliers de fissures, un désert brésilien. Le Nordeste. Elle a laissé l'eau à la fois froide et chaude ruisseler sur son corps – c'est comme s'il n'y avait pas de mélangeur dans cette baraque, simplement des gouttes froides et des gouttes chaudes, et l'ensemble produisait une vague sensation de tiédeur. Peut-être vivrait-elle désormais dans un état crépusculaire sans chagrin de grande intensité. C'est être mère qui lui procurait le sentiment de faire partie de quelque chose de *plus* grand. D'appartenir à une multitude à la fois statique et chatouilleuse. Comme un lac que la moindre ondulation peut faire frémir et rider jusqu'à la rive. Elle s'est lavé les cheveux. Chaque geste l'apaisait et la laissait avec une sensation de vide appréciable. Se sentait-elle encore plus seule maintenant ? Sans doute que non. Tonton Gio avait été un père de remplacement approximatif qui se méfiait de tout. Sauf de Gloria. Elle avait toujours essayé de tenir à distance sa tendance à voir des complots surgir de n'importe où, elle a souri en se souvenant de l'une des nombreuses théories branques de Tonton Gio : si les taxes sur les cigarettes étaient moins élevées en Corse que sur le continent, c'était une stratégie de l'État pour se débarrasser discrètement des encombrants insulaires.

Mais il avait eu raison, a-t-elle conclu en s'essuyant le corps, le danger était bien venu de l'extérieur, et malgré toutes ses précautions, il l'avait accueilli lui-même dans sa propre maison.

16

Ce qui l'a décidée à appeler les gendarmes c'est ce moment où elle s'est réveillée en sursaut au milieu de la nuit, s'asseyant dans son lit et jurant, se souvenant de la carte postale envoyée à Tonton Gio – mais pourquoi avait-elle fait cela ? Automatisme d'ancienne petite fille qui occupait son ennui à envoyer des cartes postales depuis son lieu de vacances ? Anxiolytique en papier glacé à l'intention de Tonton Gio afin de lui assurer que la maison de Kayserheim qu'il aimait tant était habitée pour l'été ? –, carte postale donc qu'il avait dû garder soigneusement, on ne jette pas une carte postale qu'on vient de recevoir, qui ferait une chose pareille ? et il l'avait peut-être même punaisée au-dessus du téléphone pour contempler, durant les coups de fil qu'elle lui passait, la forêt, le lac et les deux clochers qui se faisaient face.

17

Quand elle frappa à la porte du bureau de Tonton Gio pour lui annoncer qu'elle était enceinte, il la fit entrer, s'enfonça dans son fauteuil en la laissant debout comme une pénitente, il l'écouta dire ce qu'elle avait à dire, la regarda droit dans les yeux et demanda :

« De l'autre abruti ? »

Gloria se sentit emplie d'une juste colère.

« Je t'en informe simplement parce que tu es mon employeur et qu'il te faudra t'organiser.

— Toi aussi tu vas devoir t'organiser. »

Il n'ajouta rien, la congédiant d'un geste de la main, et elle ne put savoir si cela signifiait qu'il ne la reprendrait pas après la naissance de l'enfant, ou s'il évoquait quelque chose de plus existentiel, la difficulté qu'elle aurait à s'accommoder d'être mère, ou à supporter un Samuel devenu père.

À partir de ce moment ils ne s'adressèrent plus la parole. Quand Tonton Gio était dans la salle, à faire ses comptes ou à compulser des catalogues de ventes aux enchères et qu'il voulait demander un café à Gloria qui nettoyait songeusement les tables à deux mètres de lui, il beuglait, Jessica, dis à Gloria de m'apporter un café.

Et celle-ci le lui déposait sans un mot, sans un regard, mais sans brusquerie, le plus dignement et avec le plus de mépris possible.

Jessica haussait les épaules, elle disait à Gloria, Il est jaloux. Mais Gloria ne pouvait pas entendre quelque chose de ce genre. Jaloux eût voulu dire que Tonton Gio aurait aimé être le père de son enfant et c'était tellement impensable et bizarroïde et dégoûtant qu'elle prenait un air effaré. Jessica secouait la tête et lui répétait, Ce n'est pas ce que tu crois. Ce n'est qu'un vieux qui se prend pour ton père. Il n'a pas si mauvais fond.

Samuel et elle fêtèrent ses dix-huit ans sur la plage devant le cabanon bleu. On était en avril. Il avait apporté une couverture, deux bouteilles de champagne, un bouquet de roses d'un rouge palpitant, aveuglant, un rouge artificiel pour des roses aux dimensions anormales. Quand il remarqua sa surprise devant de tels monstres, il dit, « Magie de la chimie », en débouchant la première bouteille, il n'avait pas pensé aux verres alors ils burent le champagne au goulot, tout en se regardant droit dans les yeux, dans cette odeur nauséeuse de la mer les soirs de printemps, et lorsqu'il sabra la seconde bouteille avec son couteau, Gloria émit une objection concernant son propre état (Samuel disait « ton état intéressant ») mais il balaya sa remarque d'un geste et déclara, « J'ai un truc pour toi », il cala la bouteille dans le sable après y avoir ponctionné deux grandes gorgées et essaya de sortir quelque chose de la poche de son pantalon à deux cents poches – opération qu'il mit quelques secondes à mener à bien, se tâtant frénétiquement les cuisses pour savoir dans quelle foutue poche il avait mis ce qu'il avait mis. Il était debout, et Gloria était assise sur la couverture, il faisait presque nuit, mais la lumière dans le cabanon était allumée, et la lune était pleine, elle le regardait en contre-plongée tituber légèrement, comme quelqu'un de très très fatigué qui tenterait de se maintenir debout contre toute raison, mais elle savait que cette instabilité n'était nullement due à la fatigue, en général Samuel commençait à picoler assez tôt dans l'après-midi, il se targuait de ne pas attaquer avant dix-sept heures et de ne pas se lever la nuit pour boire, et Gloria qui ne connaissait pas grand-chose à tout ça, ou du moins qui ne considérait pas ces affaires-là avec beaucoup de lucidité, le laissait dire et le laissait faire, elle se répétait quand une vague inquiétude la prenait, Oui mais il ne se lève pas la nuit pour boire, elle se souvenait bien que Tonton Gio l'avait mise en garde contre l'alcoolisme de Samuel, mais Tonton Gio vous mettait en garde contre à peu près tout, du timbre que vous léchiez aux mauvais coups de soleil qui vous guettaient pendant les jours de brume, alors elle continua de le regarder osciller, le trouvant parfaitement beau et se réjouissant de porter son enfant dans son ventre (il voulait une fille pour qu'elle lui ressemble à elle ; de son côté, elle n'avait pas d'avis sur la question, quoique porter un garçon, et donc une paire de testicules à l'intérieur de ses entrailles, lui semblât vaguement contre nature). Il mit enfin la main sur ce qu'il cherchait, il leva les bras, victorieux, esquissa une petite danse mal maîtrisée et lui tendit une boîte qui avait l'air d'avoir pris l'humidité (revêtement blanc moiré un peu gondolé), elle l'ouvrit en le contemplant lui et non la boîte, puis elle dégagea de son écrin un bracelet tout endiamanté, si c'était du toc c'était du merveilleux toc, et elle dit, « D'où ça sort ? » et comme ce n'était pas la réaction qu'il escomptait, il répondit, « T'occupe, darling », en se penchant périlleusement vers elle. Alors elle ne s'en occupa pas, elle s'allongea, la tête sur le sable froid, enfila le bracelet en le faisant miroiter sous la lune (et l'ampoule 230 watts du cabanon). Et il s'allongea près d'elle.

Le lendemain de son anniversaire, comme le lui avait recommandé son père, elle contacta Pietro Santini. Une secrétaire prit son nom, la mit en attente, Gloria était debout sur le petit perron du cabanon, Samuel dormait, elle regrettait d'avoir tant bu la veille au soir, elle savait bien que ce n'était pas bon pour le bébé même si elle était souvent tentée de s'en remettre à la sagesse toute relative de Samuel. Elle agitait nerveusement la carte de visite de l'avocat et tout en patientant elle fixa son regard sur le bouquet de roses rouges dans le vase posé sur le rebord de la fenêtre, il était déjà fané (quelle étrange idée d'inventer des fleurs qui fanent en un jour), les pétales commençaient à tomber, parsemant le sol de plumes sanglantes, les plumes d'un petit oiseau déchiqueté par un chat. La voix de la secrétaire la fit revenir à la réalité, « Je vous le passe. » Gloria sentit quelque chose de coincé dans sa gorge, une pelote de chouette effraie qui ne voulait pas sortir. Elle toussota dans le minuscule temps d'attente que la secrétaire lui octroya. Puis une voix d'homme prononça Santini de manière péremptoire comme pour stopper un enfant au bord de la route ou marquer clairement le fait que des affaires urgentes l'attendaient ailleurs. Elle n'avait pas l'habitude des gens qui disent leur propre nom au téléphone en préambule et elle fut troublée. C'était elle qu'on appelait Santini ? Elle recouvra ses esprits et se présenta de nouveau, alors l'autre s'exclama, « La fille de mon grand ami Marcaggi. » Gloria se demanda si elle avait rencontré Pietro Santini à l'enterrement de son père, elle posa donc la question, et l'autre nullement embarrassé répondit, « Ah non, je n'étais pas sur zone. » Puis il dit qu'il savait pourquoi elle appelait, qu'il allait lui repasser sa secrétaire pour convenir d'un rendez-vous mais qu'avant cela il tenait ABSOLUMENT à savoir comment elle allait et ce qu'elle devenait, il précisa qu'il l'avait vue quand elle était toute petite, qu'elle avait dû bien changer, qu'il ne la reconnaîtrait pas, et tout à coup Pietro Santini parlait comme on parle au Village aux enfants prodigues qui reviennent sur l'île tous les trois ans, traînant derrière eux des valises à roulettes tape-à-l'œil.

Quand elle raccrocha elle était tout à fait rassurée, il l'avait enveloppée dans un maillage de paroles engageantes, et nous qui croyons avoir une petite idée du genre d'homme que se révélera être Pietro Santini aimerions alerter la jeune Gloria, mais, que voulez-vous, elle venait d'avoir dix-huit ans et elle n'avait encore accumulé que fort peu d'expérience et fort peu de méthode. D'ailleurs, quand elle se rendit au cabinet de Santini, elle fut charmée par l'homme, sa prévenance, son air de maîtrise, et elle lui fut reconnaissante des quelques détails qu'il lui donna sur la vie de ses parents – il avait été l'avocat de leur divorce, lui précisa-t-il, elle ignorait jusqu'au fait que ses parents avaient fini par divorcer.

Les bureaux de Santini étaient à Nice, elle s'y était rendue avec sa Vespa. Samuel avait proposé de l'accompagner mais elle avait refusé. Quant à Tonton Gio qui avait toujours pensé qu'elle aurait besoin de sa présence ce jour-là, il allait être blessé quand il apprendrait qu'elle y était allée seule. Mais autant que chacun comprenne que cette affaire devait se dérouler exclusivement entre elle et l'avocat de son père – par lequel c'était la voix même de son père qu'elle entendrait.

Le cabinet était situé dans une ancienne et digne villa rose découpée en tronçons pour une flopée d'avocats et d'assistantes à cheveux longs. Des bougainvillées pourpres grignotaient la façade et des gravillons parfaitement blancs tachaient vos chaussures comme si vous aviez marché dans une carrière de craie. Santini accueillit Gloria en se levant de son bureau pour lui faire une accolade pleine de sentiments, comme s'il s'étonnait de ne pas l'avoir vue depuis si longtemps, la vie étant ce qu'elle est n'est-ce pas, le temps file, vos amis meurent et leurs filles deviennent de très belles femmes, il la tint à bout de bras en scrutant son visage, les yeux mi-clos, pour y voir la trace de quelque chose, à la recherche peut-être d'une caractéristique Marcaggi, mais il dit, « Tu ressembles à ta mère. »

Santini arborait une barbe taillée avec soin de deux tons plus claire que sa chevelure poivre et sel, sa chemise grise à boutons de manchette argentés était ouverte sur une gorge bronzée sans soleil, il portait beau, aurait dit le père de Gloria, il avait l'air de briller d'un éclat métallique, il évoquait plus un intellectuel romain qui vient donner une conférence sur la perception de la littérature médiévale au temps du fascisme qu'un avocat corse qui aurait été l'ami de Roberto Marcaggi.

« Nos familles venaient du même village. Nous sommes tous un peu cousins. C'est l'une des particularités de l'insularité, n'est-ce pas, protectionnisme, paranoïa et consanguinité », dit-il aimablement.

Elle songea, C'est étonnant tous ces gens qui se réclament de ma famille.

Elle était assise bien droite sur une chaise en velours, elle pensait qu'il ne s'apercevrait pas qu'elle était enceinte, mais il lui sourit avec son air de gros chat intelligent :

« Je vois que nous aurons bientôt la chance d'avoir un nouveau petit Marcaggi.

— Il ne s'appellera pas Marcaggi », objecta Gloria.

Santini balaya la remarque d'une main élégante – et manucurée. Puis il lui expliqua de quoi il retournait. Le père de Gloria avait gagné beaucoup d'argent en vendant ses parts dans l'usine de roulements à billes Marcaggi-Fromental, il l'avait réinvesti dans un bar-restaurant (La Traînée) et plusieurs opérations immobilières (ce que Gloria ignorait). S'étant débarrassé de tout (sauf du cabanon bleu), il disposait à sa mort d'un avoir considérable.

« C'est-à-dire ? demanda-t-elle en fronçant les sourcils.

— En fait tout n'est pas disponible, loin s'en faut, restreignit Santini. Une grande partie est placée sur du long terme, mais tu vas avoir à gérer une petite fortune. »

Il semblait satisfait, comme s'il lui annonçait qu'elle avait été reçue à son examen, ou qu'elle avait gagné à la loterie, ou bien que c'était lui qui avait gagné à la loterie. Son sourire était dans chaque ride de son visage, dans le pétillement bienveillant de ses yeux mi-clos.

Il lui tendit un dossier de dix centimètres d'épaisseur.

« Tout est là », dit-il, un brin grandiloquent.

Elle dut afficher un air un peu perdu parce qu'il se leva, fit le tour du bureau et lui posa une main sur l'épaule :

« Ne t'inquiète pas. Je serai là pour t'aider. »

Gloria hocha la tête avec gratitude.

18

Les gendarmes étaient venus à deux. Ils s'étaient déplacés quand elle avait mentionné que sa demande de protection avait un lien avec la mort de Lucca Giovannangeli à Fontvieille. Ils avaient garé leur voiture derrière la sienne dans l'allée – elle s'était dit, Ils m'empêchent de partir –, elle les avait accueillis sur le perron, les filles étaient dehors, au lac, ils s'étaient présentés, lieutenant Bart, capitaine Simon, et l'avaient suivie dans le salon, l'un s'était assis et l'autre pas, elle leur avait offert du café, l'un en avait pris et l'autre pas. Ils l'avaient écoutée, avaient noté ce qu'elle disait, avait évalué si elle affabulait ou non, et ils étaient repartis en lui mentionnant qu'elle devrait passer à la gendarmerie de Bottenbach et qu'ils feraient le nécessaire.

Elle a voulu se sentir un peu soulagée. Pendant la nuit elle avait pensé quitter la maison de Kayserheim avec les filles, les emmener à Paris, louer un petit truc, ou même partir plus loin, prendre un avion pour l'étranger, mais il s'agissait de considérations nocturnes, elles étaient nébuleuses et hagardes et renvoyaient une image alarmante du monde. Au matin, elle avait éloigné cette sensation de terreur et de soif inapaisable qui lui rappelait les gueules de bois – quotidiennes ? – de sa vie avec Samuel. Elle avait décidé de ne pas fuir et de s'en remettre aux autorités. Les filles iraient à l'école à Kayserheim à la rentrée, et elles vivraient toutes trois un moment dans la maison de sa grand-mère. Sous sa protection, a songé Gloria sans rire. En réalité, on ne pouvait pas considérer que la présence du fantôme d'Antoinette Demongeot était une bénédiction. On eût pu l'envisager si elle avait été une femme aimante ou prévenante. Mais, malgré les tendances caractérielles de la vieille Demongeot, il n'y avait rien d'effrayant à ce qu'elle hante sa propre maison : les fantômes désirent peut-être juste savoir à quoi ressemble le monde sans eux – c'est un fantasme commun, n'est-ce pas, que d'assister à son propre enterrement.

Gloria s'est secouée. Les fantômes n'existent pas, où avais-je la tête.

Même si l'on meurt chez soi dans des circonstances tragiques et/ou stupides.

Ce qui avait été le cas d'Antoinette Demongeot.

Elle était morte un an après que la mère de Gloria avait quitté mari et fille pour son dentiste. Gloria avait donc huit ans. Elle se souvenait de peu de choses concernant cette période si ce n'est de son père qui pleurait dès le matin, qui s'excusait de pleurer, qui se cachait pour pleurer. Il ne sanglotait pas, il avait simplement l'œil perpétuellement humide et des larmes coulaient sur son visage et on pouvait croire à une affection oculaire, c'est ce que les gens pensaient, c'était plus commode que de se faire de la bile pour ce gentil Roberto désespéré. Et puis elle se souvenait que la mer était un réconfort merveilleux, elle nageait avec son masque devant le cabanon bleu, il y avait l'odeur d'éponge humide, un peu moisie, et celle de sable et de poussière chaude de la plage, et les diagrammes mouvants et hypnotiques que le soleil traçait sur le fond de l'eau au rythme des vagues, elle pouvait rester une heure avec son masque et son tuba, les membres inertes, en étoile de mer, la cage thoracique si emplie d'air qu'elle demeurait à la surface de l'eau dans une immobilité de morte, et elle se laissait bercer par le spectacle ondoyant de ces figures lumineuses traversées çà et là par une ou deux oblades, ensorcelée par les caustiques, ne pensant plus à rien, ne pensant plus à maman ni aux larmes de papa.

Elle n'avait pas revu sa grand-mère durant cette année-là, mais celle-ci lui envoyait des cartes postales d'Alsace ou d'Espagne représentant des paysages, des recettes de cuisine locale et des retables, et elle écrivait toujours les mêmes phrases « J'espère que tu travailles bien », « Bons baisers de Kayserheim », des phrases qui n'avaient pas d'autre fonction que celle de convaincre Gloria qu'elle avait encore une grand-mère qui de loin en loin s'avisait que sa petite-fille existait – inscrivait-elle un pense-bête sur le calendrier punaisé au mur afin d'envoyer avec régularité une carte postale à son unique petite-fille ? En tout état de cause elle ne notait pas quelle carte elle envoyait parce que, durant l'année de ses sept ans, Gloria avait reçu plusieurs fois la même. Et cette répétition, étrangement, rassurait la fillette, elle semblait affirmer : il ne va plus rien arriver de directement déstabilisant, rien ne bougera, Poussin, pendant un certain temps.

Avait-elle vraiment souhaité que sa mère revînt ? Sans doute. Rien que pour faire cesser son père de pleurer. Même si la vie était agréable, seule avec Roberto Marcaggi. Ils déjeunaient presque tous les jours à La Traînée, Roberto allait chercher la petite à l'heure de la cantine et la ramenait à l'école à treize heures, Tonton Gio adorait Gloria, il répétait à Roberto, « Cette gamine est géniale », expression qui était vite devenue « C'est un génie », et il le disait tant de fois et pour de si multiples raisons que Roberto commença à le dire aussi, un peu comme ces mots qui deviennent tout à coup à la mode et qui contaminent votre lexique sans que vous y preniez garde, cette manière que l'on a presque tous eue, à différentes périodes, de remplacer « Oui » par « Tout à fait » ou d'utiliser « Excellent » pour marquer approbation et enthousiasme.

Gloria passa une année à prier à genoux à côté de son lit chaque soir – elle avait chopé cette pratique dans *La Petite Maison dans la prairie* – afin que maman Nadine revienne. Mais elle n'y mettait sans doute pas assez de cœur, ou bien elle n'énonçait pas les choses avec les formules idoines, quoi qu'il en soit maman Nadine n'était pas revenue, alors Gloria changea son fusil d'épaule et elle fit des tentatives à l'aide de rites plus païens : quand elle disait le même mot que son père au même moment, elle criait, On souhaite un vœu, quand elle voyait un papillon blanc, On souhaite un vœu, quand elle voyait trois voitures rouges dans la même rue, On souhaite un vœu, quand le nombre de syllabes de la phrase prononcée était douze, On souhaite un vœu (Gloria avait tendance à tout compter : le nombre de mots d'une question devait être évidemment supérieur au nombre de mots d'une réponse, ou le nombre de boulettes dans son assiette devait être impérativement pair...).

Elle entendait Tonton Gio parler à Roberto de maman Nadine dans la salle de La Traînée, après le déjeuner, quand elle animait ses Playmobil sur le comptoir, perchée sur un tabouret haut, avant de retourner à l'école.

« Elle pourrait au moins donner des nouvelles à la gamine, ou lui envoyer une carte, c'est ça qui est terrible avec ces petites rombières, elles sont d'un égoïsme viscéral, et tu vois, Roberto, je dis pas ça pour te consoler, mais il y en a plein des comme ça, des qui préfèrent s'occuper de leurs cheveux et de leurs chiffons que de leur gamine, il n'y a pas que ta Nadine, c'est un travers commun, de toute façon tu n'aurais jamais dû choisir une fille du Nord, ça on en a déjà parlé, j'étais pas pour, elles sont glaciales ces filles, et puis elles pètent plus haut que leur cul, elle s'est toujours prise pour une bourgeoise, elle s'est toujours prise pour Catherine Deneuve, alors que c'était juste une fille des corons. »

Passé les approximations socio-géographiques de Tonton Gio, demeurait la certitude que maman Nadine n'aimait qu'elle-même et que c'était une bonne chose qu'elle se soit carapatée, alors arrête de pleurer Roberto, du nerf, mon ami, pense à ta petite.

Roberto se secouait – de manière littérale. On aurait dit un épagneul après la pluie qui vous asperge le hall d'entrée. Et il disait :

« Tu as raison, Gio, tu as raison. Ça, je le sais que tu as raison. Mais laisse-moi un peu de temps, tu veux ? »

Et Tonton Gio fronçait le nez et le scrutait de ses yeux mi-clos, insatisfait. Il ne pouvait s'empêcher de considérer l'apitoiement comme le dernier stade de l'indignité.

Et puis il y avait eu l'annonce de la mort d'Antoinette Demongeot. Nadine avait téléphoné. Elle avait d'abord laissé un message sur le répondeur en demandant à ce que Roberto la rappelât. Gloria se passait le message en boucle quand son père était dehors. Elle s'asseyait devant l'appareil qui clignotait et elle rembobinait et enclenchait PLAY, et rembobinait, et réécoutait, etc. Elle s'était interrogée sur comment procéder afin de le garder pour toujours. La meilleure solution lui parut être de l'apprendre par cœur. En reproduisant toutes les intonations et les pauses de sa mère. Une fois, bien longtemps après, à une période où il avait cessé de pleurer, elle en avait fait la démonstration à son père et il avait eu l'air effaré, il avait dit doucement, « Je ne suis pas sûr d'avoir envie de réentendre sa voix », ce qui était à la fois faux et vrai, mais de toute façon entendre ce message de répondeur dans la bouche de sa fille avait quelque chose de glaçant. Le message disait, « Roberto, c'est Nadine. J'ai plusieurs choses à voir avec toi. Rappelle-moi s'il te plaît. Et embrasse Poussin. »

Elle n'avait pas laissé de numéro, cela signifiait que Roberto savait où la joindre. Peut-être discutaient-ils plus ou moins régulièrement ensemble, sans que jamais elle demandât à parler à sa fille, sans que jamais elle parlât de sa fille, se contentant de conclure leur conversation par un « Embrasse Poussin ».

À cause des conditions de la mort d'Antoinette Demongeot, on ne donna pas de précisions à Gloria. La petite pleura un peu et, quand elle voulut avoir des détails, Roberto répondit, « Elle est morte dans son fauteuil, tranquillement. »

Ce qui représentait une incartade substantielle vis-à-vis de la réalité.

Antoinette Demongeot était en effet morte dans son fauteuil – ou plutôt sur sa chaise longue à grosses fleurs marron et orange – au milieu du jardin, mais selon des modalités qu'on ne pouvait pas qualifier de « tranquilles ».

Il y avait eu un malheureux concours de circonstances : d'une part, Antoinette Demongeot, afin de parfaire son bronzage qu'elle voulait le plus spectaculaire possible, avait pris l'habitude de concocter des recettes maison qu'elle s'appliquait sur la peau (qu'elle se « tartinait », disait Roberto Marcaggi), et, d'autre part, elle portait ce jour-là une toute petite robe en résille noire (toujours chic).

L'odeur que dégageait son onguent (lavande aspic, carotte, jojoba, millepertuis, karité, sésame, onagre, bergamote, urucum et j'en passe) s'avéra être un piège à frelons – ou plutôt une sorte de stimulant parfait. À des kilomètres à la ronde, tous les frelons (il n'y en avait pas tant que ça mais point trop suffisait) agitèrent leurs antennes et se dirigèrent vers cette doucereuse et inédite odeur d'ambroisie, et quand ils aperçurent les résilles sur le corps décharné d'Antoinette Demongeot, ils pensèrent cellule hexagonale, ils pensèrent ruche, ils pensèrent abeille, ils pensèrent miel. Et ils foncèrent. Je grossis peut-être le trait. Mais cela a dû se passer à peu près comme ça. Jetez donc un œil à la façon dont les frelons règlent leur compte aux abeilles et vous aurez une idée plus précise de leur sauvagerie. La pauvre Antoinette, qui était jusque-là sagement concentrée sur ses sudokus, avait été piquée par pas moins de douze frelons dans un laps de temps très court et n'avait pas eu, loin s'en fallait, le temps de s'extraire de sa chaise longue. Son vieux cœur rassis n'y avait pas résisté : elle avait fait un arrêt cardiaque.

Le facteur la retrouva le lendemain matin dans la même position : il lui apportait une commande de La Redoute (une nuisette inflammable et une nappe), ainsi qu'une carte postale de Gloria (au recto : des chevaux blancs galopant en Camargue, figés dans leurs éclaboussures ; au verso : un « Chère mamie Antoinette, je vais bien, j'espère que tu vas bien »).

Après ce drame, Nadine ne put se résoudre à vendre la maison de son enfance mais ne voulut plus y retourner (ni avec ni sans son dentiste), et elle offrit à Roberto la possibilité de jouir de cette maison autant qu'il le désirait. Considérait-elle que la demeure à vitraux au milieu des sapins pouvait faire office de dédommagement pour sa désertion de l'année précédente ? Difficile à concevoir mais pas totalement inenvisageable. On négocie parfois de bien étranges accords avec sa conscience, je ne vous apprends rien.

Roberto retourna plusieurs fois à Kayserheim, pour quelques jours, avec sa fille et son vieil ami, ils partaient tous les trois dans la DS de Tonton Gio, cap vers le nord, les deux hommes faisant les guignols tout le long de la route pour amuser la petite, ils déjeunaient sur des aires d'autoroute parce qu'ils savaient qu'elle adorait ces pauses durant lesquelles elle pouvait manger des frites à volonté. Ils discutaient en se moquant des gens qui s'arrêtent sur les aires d'autoroute pour profiter des buffets à volonté (Tonton Gio) et en fumant sans discontinuer (Roberto). Ils s'extasiaient en contemplant la fillette, ils avaient la tête légèrement penchée et le sourire un peu niais. Elle était si bouleversante avec ses cheveux lisses et noirs, son chapeau de cow-boy, ses tatouages Malabar, ses ongles vernis (une couleur écaillée par doigt) et son enthousiasme de petite fille pour toute cette profusion de bouffe industrielle.

Il avait donc existé deux temps dans la relation de Gloria à cette maison – la période maman

Nadine + Antoinette Demongeot en train de frire au milieu du jardin, toutes deux disant en permanence du mal de Roberto Marcaggi, mais souriant gentiment en écarquillant les yeux dès que Gloria leur adressait la parole (et leurs yeux disaient, Je te donne toute mon attention, n'en fais pas n'importe quoi, merci), PUIS la période papa Roberto + Tonton Gio, avec beaucoup de bienveillance, d'approximations éducatives, de rigolades et d'alcool (une fois ils étaient tellement beurrés qu'ils avaient semé des chamallows dans le jardin en disant à Gloria qu'ils allaient pousser).

« Un arbre à chamallows », beuglait Tonton Gio.

Gloria avait montré à ses filles l'endroit où l'arbre à chamallows était censé sortir de terre et donner un maximum de fruits cotonneux et acidulés. Stella avait haussé les sourcils puis les épaules, mais Loulou avait sauté sur place à pieds joints en souriant jusqu'aux oreilles. Devant l'ingénuité de sa fille cadette, Gloria avait dû rétablir la vérité – ou plutôt la réalité. Non, ces arbres-là n'existaient pas. On ne pouvait pas planter n'importe quoi. C'était une petite blague de son grand-père et de Tonton Gio. Mais Loulou n'écoutait rien, elle avait commencé à creuser la terre là où sa mère lui avait indiqué que les deux loustics avaient planté l'arbre à bonbecs, elle s'était outillée avec son matériel de « petit jardinier » (elle avait demandé pourquoi le mot jardinière n'existait pas, et Gloria avait dit, « Mais si, le mot jardinière existe », et Stella avait souligné, « Oui, Loulou, ça existe, c'est un bac à fleurs ou un plat pourri de cantine comme dans “jardinière de légumes” ») et la petite, sans se décontenancer, s'était résolue à planter là un noyau d'avocat qu'elle avait préalablement fait germer dans un verre d'eau avec des allumettes pour étais (les deux cultures dans lesquelles elle était passée maître (maîtresse ?) : les lentilles dans du coton et les noyaux d'avocat). Loulou adorait la vie à la campagne. Elle avait même apprivoisé un chat du coin qui résidait dans la forêt, se nourrissait de mulots et s'était mis à leur déposer des moineaux et des fauvettes sur le porche certains matins. Loulou l'avait baptisé Cyrius, Stella l'appelait Jean-Pierre. Gloria ne pouvait pas l'approcher. Il sifflait quand il la voyait, les oreilles en arrière, comme s'il venait de manger une herbe atrocement acide, alors qu'il passait son temps à dessiner des huit langoureux autour des mollets de Loulou en ronronnant comme un frigo qui va rendre l'âme. Les chiens du père Buch terrorisaient la pauvre créature. Loulou la consolait et roucoulait.

Gloria, juste après la visite des deux gendarmes, assise sur le porche, tout en se remémorant l'arbre à chamallows et en pensant aux meurtres de fauvettes, s'estime relativement rassurée. Au-dessus de l'herbe du jardin qu'il va décidément falloir tondre, on voit la virevolte des papillons blancs qui vont toujours par deux. Sentimentaux comme nous sommes, se dit Gloria, nous ne pouvons qu'imaginer une danse prénuptiale. Les gendarmes lui ont promis qu'ils lui téléphoneront mais elle ne croit pas aux promesses. Elle est en train de se demander s'il est envisageable de les appeler dès l'après-midi même. Elle pèse le pour et le contre.

Elle ne sait pas pourquoi elle se sent aussi sereine et soulagée. Vu que, à cet instant, les filles sont parties au lac – hors de portée du fantôme d'Antoinette Demongeot, mais bien en dehors de la zone de sauvetage immédiat de leur mère.

19

Il faut préciser la distinction qu'établit Gloria entre les spectres et les fantômes. Gloria a eu la visite de spectres toute son enfance – c'est ainsi qu'elle appelait ses amis imaginaires. C'est ainsi qu'elle appelait l'ennui. Il existe un lien direct entre l'ennui et l'apparition de spectres. Les spectres sont en général débonnaires, ils peuvent jouer au Monopoly avec vous, ils lisent par-dessus votre épaule, ils ont parfois une identité déterminée mais ce n'est pas indispensable. Ils se manifestent chez les enfants solitaires qui disposent de peu de distractions, mais aussi chez pas mal d'adultes qui font l'expérience de l'ennui insondable – au travail ou dans leur vie familiale. Il existe notamment des spectres « de bureau » identifiés par corporation avec des variations modales (spectres de réunion, spectres de relecture de dossier, spectres de déjeuner professionnel...). Personne n'en parle jamais.

Quant aux fantômes, la question est plus délicate. Il semblerait qu'ils ont quelque chose à faire parmi les vivants – ou à leur faire faire.

Il existe donc deux espèces aux dispositions différentes : le spectre est un compagnon que vous convoquez malgré vous (sauf quand vous avez moins de huit ans), le fantôme apparaît pour son compte.

Bien sûr Gloria ne validerait jamais ouvertement ces affirmations. Mais elle entretient, comme beaucoup d'anciens enfants tristes, une relation particulière aux choses invisibles.

20

Gloria continuait de siroter un thé brûlant, assise sur le porche, en profitant de ce moment où son soulagement d'être protégée légitimement et légalement surpassait le désarroi de ne plus jamais revoir Tonton Gio. Il était bien entendu hors de question d'aller à son enterrement. Elle ne voulait pas sortir du bois. Elle enverrait un mandat à la voisine. Et s'occuperait de tout par téléphone. La voisine se ferait un plaisir d'être au cœur de l'action. Les filles n'auraient pas à apprendre tout de suite le décès de Tonton Gio. Gloria se disait parfois qu'elles avaient une enfance jonchée de gens disparus ou en passe de l'être. De toute manière, seule Stella l'avait connu vaillant quand elle était petite. Tonton Gio, depuis quelques années, n'était que le très vieil homme que leur mère appelait régulièrement. Et les vieux messieurs finissent par mourir un jour. Ceci est dans l'ordre des choses.

Gloria est allée rejoindre les filles au lac. Elle longe la scierie, marche sous les arbres, écoute le craquement piquant et doux de ses pas sur le maillage des épines de pin – un bruit aussi gourmand que celui du piétinement sur les feuilles de marronnier dans la cour de l'école en octobre –, tout en emplissant ses poumons de cet air qui lui semble si sain, elle se sent rassurée, et même, d'une certaine façon, en harmonie, et c'est sans doute à cause de cette impression un peu spécieuse qu'elle ne perçoit les cris de Stella qu'à l'instant où elle débouche sur ce qu'elles appellent « la plage », une langue de sable au nord du lac (orientation plein sud).

Stella hurle.

« Au secours. »

À ce cri, Gloria s'arrête, interdite, elle a l'impression de se paralyser, tout se fige, s'agit-il d'un problème d'estimation du risque ? Non, bien sûr que non, c'est plutôt que le cerveau a un raté, un moment de pause (microscopique), il veut évaluer ce qui se déroule ici pour réagir le plus justement possible (ne jamais confondre vitesse et précipitation, serinait Tonton Gio), et puis le cerveau se met en branle, l'hypothalamus envoie son message aux glandes médullosurrénales, quelle merveille, le cerveau est boosté par l'adrénaline, alors Gloria se met à courir et elle crie, « Je suis là », comme si c'était le sésame pour revenir à une situation stable.

Stella est penchée sur sa petite sœur, qui est en pleine crise de convulsions, Gloria a déjà assisté à plusieurs crises comme celle-là, la première fois Loulou avait quelques mois et une forte fièvre, elle avait la rougeole, elle n'était pas vaccinée, Tonton Gio était contre les vaccins et Gloria s'en était un peu trop remise à lui (et à Pietro) après la mort de Samuel, les crises sont très impressionnantes mais, croit Gloria, bénignes, elle ignore en effet, et il m'est impossible de l'affranchir de là où je suis, que passé cinq ans ces crises sont inquiétantes et devraient l'alerter, Gloria est pleine de son savoir qui lui fait garder tête et sang froids, elle pousse Stella (sans ménagement, mais comment lui en vouloir ?), « Je suis là je suis là je suis là », répète-t-elle, elle tourne Loulou sur le côté et place son gilet sous la tête de l'enfant, elle pense savoir quoi faire, Loulou cesse de s'agiter, elle devient somnolente, elle ferme les yeux qu'elle avait révulsés, et sa tête doucement dodeline. Le calme revient. On pourrait presque entendre les araignées d'eau patiner sur le lac.

« C'était quoi ça ? » demande Stella, debout, tremblante, les cheveux trempés, elle a eu très peur et elle semble exiger maintenant qu'on lui rende des comptes, Gloria se lève et la prend dans ses bras, Stella n'a jamais été témoin des convulsions de sa petite sœur, et si Gloria les a parfois évoquées, sans s'y attarder, c'est que cela fait longtemps que Loulou n'y est plus sujette.

« C'est comme une fièvre. Ce n'est pas grave. »

Elles s'accroupissent toutes deux près de Loulou, Stella s'est mise à pleurer, elle se cache derrière sa chevelure, elle déteste pleurer ou faire montre de la moindre faiblesse – ou de ce qu'elle considère comme une faiblesse.

« J'ai eu tellement peur, chuchote-t-elle. On était dans l'eau et elle a commencé à s'agiter et j'ai cru qu'elle faisait l'idiote et après j'ai cru qu'elle se noyait alors je l'ai ramenée sur la plage, et elle a vomi, et j'ai cru qu'elle allait mourir. »

Elle veut être rassurée mais il y a aussi quelque chose qui ressemble à un reproche juste sous la surface de sa détresse. Gloria l'entend, cette accusation, aussi raconte-t-elle à Stella les quelques fois où ces crises se sont produites. Elle berce la petite sur ses genoux et parle parle parle à Stella, elle fait une relation exhaustive des convulsions de Loulou, Stella l'écoute et dit :

« J'ai pensé que ça avait un lien avec le fantôme. »

Gloria s'étonne, ou fait semblant de s'étonner, c'est difficile à déterminer, mais l'urgence est de réconforter tout le monde, alors elle éclate de rire, elle arrive à éclater de rire, avec Loulou qui maintenant a ouvert les yeux et regarde sa mère, puis sa sœur puis sa mère, Gloria n'est pas si mauvaise comédienne, elle dit « Les fantômes n'existent pas, Stella », elle embrasse sa fille aînée sur la tempe, du moins c'est ce qu'elle essaie de faire, mais comme Stella s'esquive, elle embrasse ses cheveux, froids comme des algues et odorants – vase, composés sulfureux et cadavres de tritons.

21

À la naissance de Stella, Gloria réalisa que sa fille était le premier nouveau-né qu'elle rencontrait. N'ayant aucun point de comparaison, elle crut normal – quoique difficilement supportable – le comportement de sa fille, jusqu'au moment où celle-ci (un mois et demi) se provoqua une hernie inguinale tant elle hurlait. Stella était une minuscule personne exigeante qui réclamait l'attention exclusive de ses parents et principalement celle de son père. Elle ne se calmait que quand celui-ci apparaissait dans son champ de vision, mais ne cessait vraiment de tempêter que s'il la prenait dans ses bras.

Bien entendu quand Samuel n'était pas là, nécessité faisant loi chez le nouveau-né comme chez l'humain plus âgé, Stella reportait son absolutisme sur sa mère. Et Samuel n'était pas souvent à la maison. Ils avaient loué un appartement en ville, avec une chambre d'enfant et une terrasse d'où on pouvait, en se penchant périlleusement, apercevoir la mer. Gloria n'était pas retournée travailler à La Traînée après la naissance de Stella. Mais elle y passait tous les jours pour embrasser Tonton Gio. Maintenant qu'elle n'était plus son employée et qu'il avait bien dû se faire à l'idée qu'elle avait eu un enfant de « l'autre abruti », ils avaient repris le fil de leur relation antérieure : avec elle, il était aux petits soins (mais cette expression n'est pas tout à fait appropriée, elle évoque quelqu'un qui exécute des gestes doucereux et maniérés pour s'occuper d'un proche. Chez Tonton Gio cela ressemblait plus à de « grands soins » : nourriture abondante, embrassades sonores, cris de satisfaction à la vue de Gloria entrant à La Traînée avec Stella dans son cosy qui cognait contre son mollet – le cosy, pas Stella).

À six mois Stella cessa de pleurer. Mais elle remplaça ses terribles braillements par le regard le plus féroce qui soit. Elle était devenue un bébé silencieux et scrutateur. À quelques exceptions près : le premier mot qu'elle saurait un jour prononcer serait « Tranquille ! » qu'elle glapirait, furieuse, chaque matin au moment du réveil.

Gloria pensa qu'elle avait peut-être un problème mental. Elle n'osa pas s'en ouvrir à Samuel. Elle ne voulait pas l'inquiéter au sujet de sa merveille, sa fée, sa girafe, sa licorne, son pangolin, sa gazelle des îles Galapagos (il ne lésinait jamais sur rien). Ou peut-être devinait-elle qu'il préférerait croire que Gloria perdait un peu la boule (dépression post-partum, lisait-on dans tous les magazines, même Samuel ne pouvait échapper à cette information sur la détresse des jeunes mères) plutôt que de supputer que le comportement de sa merveille puisse être le signe d'une bizarrerie neurologique de mauvais augure.

Vu qu'elle passait une grande partie de son temps à La Traînée avec Tonton Gio, c'est d'abord à lui qu'elle toucha deux mots de ses inquiétudes – tout cela sous le regard perçant de Stella, allongée dans son transat, qui n'en perdait pas une miette. Tonton Gio haussa les sourcils en signe d'incompétence, « La seule gamine que j'ai connue c'est toi et tu étais tellement exceptionnelle que je manque de points de repère », il avait ajouté, « Je crains que les bébés humains ne soient un brin plus compliqués que mes boîtes à musique », et il avait conclu, « Mais je peux te trouver quelqu'un qui s'occupe de ce genre de choses. »

Tonton Gio n'avait aucune confiance dans la médecine officielle : il supportait les chirurgiens (« Parfois il faut ouvrir ») mais les médecins généralistes n'étaient pour lui qu'une vaste blague uniquement destinée, au même titre que la religion, à rassurer les cons.

Gloria se dit, Il va me proposer de rencontrer un rebouteux dans l'arrière-pays, cette idée la rendait nauséeuse alors elle exprima ses inquiétudes à l'autre personne qu'elle fréquentait avec régularité : Pietro Santini.

L'avocat-ami-d'enfance-de-son-père avait acquis une place centrale dans la vie de Gloria.

Ils avaient d'abord convenu d'un rendez-vous trimestriel pour que Santini l'informe de l'état des placements sur les différents comptes de son père, mais très vite, ils s'étaient mis à déjeuner ensemble deux fois par mois, occasions durant lesquelles il avait évoqué complaisamment le Village, Roberto Marcaggi petit garçon, la mère de Roberto dont le mari était mort à Dunkerque en 1940, qui ne s'était jamais remariée et avait rejoint le continent, la solitude de Roberto à moitié orphelin, l'amitié qui les avait liés, Roberto, le fils de la veuve dentellière et lui, Santini, le fils du berger devenu restaurateur (civet de sanglier, fromage corse et confiture de figue, tourisme et pépettes), et puis le départ de Roberto et de sa mère pour Nice afin de rejoindre une partie de la famille sur le continent, et finalement leur échouage à Vallenargues.

Santini se rendait toujours disponible, ça semblait magique d'ailleurs, Gloria trouvait un message sur son répondeur, « Pourriez-vous rappeler maître Pietro Santini dès que possible ? », elle rappelait et il l'invitait dans les meilleurs restaurants de la Côte au moment qui lui convenait le mieux à elle, il était fringant, élégant, accueillant et il supportait stoïquement les braillements première période de Stella, comme il supporterait son mutisme inquisiteur.

La deuxième personne à qui elle confia ses inquiétudes concernant Stella fut donc Pietro Santini, qui balaya tout cela d'un revers de main (au-dessus d'une assiette de daube) et lui dit, « Elle est comme ta grand-mère Anamaria, elles ont l'air carnassières mais ce sont de très braves personnes. Crois-moi, ta grand-mère n'a jamais souri à qui que ce soit et elle avait pourtant le cœur sur la main. »

22

Le soir de son malaise, près du lac, la petite a réclamé :

« Un film pour tout le monde. »

Ça voulait dire, on se retrouve toutes les trois sur le canapé en pyjama – Loulou, les genoux plaqués contre le torse à l'intérieur de sa chemise de nuit, les bras entourant ses jambes, il n'y a que le bout des pieds qui dépasse, on dirait un paquet de café moulu, tout est tendu et pas une once d'air ne peut se faufiler dans un tel dispositif, Stella en tee-shirt et leggings (du classique, du solide), et pour Gloria le sweat-shirt noir de Samuel, celui qu'elle effiloche aux manches depuis six ans comme on se rongerait les ongles sans y penser et en se rendant compte trop tard que l'irréparable est commis –, devant un film de Peter Sellers ou un dessin animé japonais ou un film d'action pas trop sanglant, un truc qu'on peut regarder à plusieurs niveaux différents sans avoir l'impression d'y laisser son âme.

Le canapé est, sans conteste, une invention qui a œuvré pour l'égalité dans les familles.

Personne n'est privilégié. Personne ne reste par terre ni ne bénéficie du fauteuil à oreilles sous la lampe verte. Tout le monde se vautre à la même enseigne.

La plupart du temps Gloria ne regarde pas beaucoup le film mais plutôt ses deux filles ou parfois le plafond, elle se lève, elle s'agite. Quand Stella s'aperçoit de l'inattention de sa mère, elle hausse lentement les sourcils, Tu vas encore nous demander ce que ça raconte. Ce soir-là Gloria a du mal à quitter Loulou des yeux mais Stella ne se permet pas la moindre remarque.

Le lendemain matin, Gloria crie en bas de l'escalier, « On va au Carrefour. » Ce n'est peut-être pas un Carrefour, on s'en fout, elle dit Carrefour comme on dit frigo, il s'agit simplement d'un appel au rassemblement autour d'activités normales. Le Carrefour dont parle Gloria est un hypermarché qui occupe la plus grande partie du centre commercial de Bottenbach échoué depuis dix ans au milieu d'un parking désert, assez loin de n'importe quelle ville pour qu'on ne puisse y aller qu'en voiture et judicieusement équipé d'une station d'essence. Quand on y pense, d'ailleurs, on pourrait presque s'installer là-bas, c'est comme un aéroport, tout est disponible, pourvu qu'on ait de l'argent, on n'est nulle part et partout à la fois, cela pourrait devenir une merveilleuse machine à habiter et consommer, il est vrai que le centre commercial de Bottenbach n'est pas follement engageant (un parking désert aura toujours, envers et contre tout, des similitudes avec un cimetière, un dimanche après-midi de février), mais il recèle des trésors derrière ses portes automatiques coulissantes : musique de salon de massage, odeurs de viennoiseries industrielles, caddies surdimensionnés glissant sur des carrelages patinoires, plantes vertes caoutchouteuses se nourrissant de billes d'argile, pose d'ongles américains, cafétéria, soldeur de chaussures, PMU et jeux d'arcade.

Stella est trop snob pour apprécier.

De son côté, Loulou surgit de sa chambre et dégringole l'escalier en hurlant, « J'arrive, j'arrive. » Elle adore faire les courses, elle espère (elle sait) qu'il y aura un petit quelque chose pour elle, un porte-clés, un livre, un Playmo, une nouvelle paire de ciseaux. Son enthousiasme est altéré quand elle remarque qu'elle ne sait pas où elle a mis son chaton bicolore.

« Petit chat, crie-t-elle en passant de pièce en pièce. Petit chat ? »

Stella descend les marches avec la dignité d'une reine d'Égypte.

« Tu crois qu'il va te répondre ? » demande-t-elle à sa sœur.

Loulou la regarde comme si cette question était la plus absurde qu'on puisse poser.

Et elle continue sa battue, Petit chat petit chat petit chat.

Après débusquage de la peluche, elles partent, fenêtres ouvertes, courants d'air, et cheveux qui font des nœuds. Dans la voiture, Loulou décrète qu'elle va dorénavant cesser de porter du rose.

Il y a toujours un moment où les goûts des petites filles basculent, se rassure Gloria.

« Je voudrais des vêtements noirs, et si possible avec des têtes de mort pailletées. »

Bon bon bon.

Stella se contente depuis longtemps de micro-shorts et de tee-shirts unis XXXL. Gloria a elle aussi porté une bonne partie de sa vie des shorts de sport avec des tee-shirts mous blancs, et puis plus tard des robes portefeuilles merveilleusement adaptées à sa morphologie (hanches larges et poitrine 95 E, faut-il vous le rappeler). Elle arbore (même ce verbe est un traquenard) une lingerie bleu foncé ou violette ou noire, ou de toute autre couleur qui évoque les femmes perdues dans des caravanes montées sur parpaings, et tout cela sous des robes très décolletées, ses seins sont plus une charge qu'un ornement, et quand elle s'agite on voit apparaître sa lingerie bleu foncé ou violette ou noire, et si son soutien-gorge est d'abord une manière d'oublier sa poitrine (mes épaules tiennent mes seins, quel prodige), l'effet sur ses contemporains est sans ambiguïté.

Pas mal d'échantillons masculins considèrent que toute cette affaire (décolleté, short, etc.) leur est exclusivement destinée. C'est tellement farce quand on y pense.

Tu aperçois mon soutien-gorge bleu marine et *tu considères* que cette apparition t'est destinée.

Qui ne s'est jamais faite belle pour déjeuner avec une amie, ou même pour elle-même, afin de ne pas naufrager ?

Gloria décrète, parfaitement enjouée :

« Aujourd'hui on a toutes droit à un cadeau. »

Gloria se prendra donc une crème de nuit, Loulou un débardeur noir avec des chauves-souris phosphorescentes, et Stella une glace au macadamia (elle a d'abord lancé dans le caddie une boîte de tampons en disant, « C'est bon, c'est ça mon cadeau perso », et Gloria a dit, « Je te supplie de te faire plaisir », en roulant des yeux vers Loulou. Alors Stella en soupirant, mais en s'abandonnant au chantage maternel, est allée se chercher quelque chose d'inutile et attrayant). Et la vie a repris un cours normal.

23

Ce qui avait d'abord troublé Gloria, c'était que les collaboratrices de Santini (où sont passées les secrétaires d'antan ?) ne paraissaient pas rester en poste plus de quelques mois. Et cela demandait pas mal de sagacité pour repérer le passage d'une Vanessa à une autre. Santini les choisissait toutes identiques. Grandes, brunes, maigres, chic. Il assumait tout à fait la nature exclusive de ses goûts en matière de collaboratrices. Il justifiait cette prédilection par des théories sur l'intelligence des brunes, la confiance que ses clients lui accordaient quand ils étaient introduits dans son cabinet par une fille plus jeune *et* plus élégante qu'eux. « C'est une forme d'intimidation », disait Santini avec son sourire de chat du Cheshire. Et il ajoutait qu'il n'avait aucune attirance pour les femmes grandes et maigres et que c'était sa manière à lui d'exclure toute possibilité de relation extra-professionnelle. Gloria écoutait ces discours, assise dans le fauteuil en face de lui, jetant régulièrement un œil sur Stella qui crapahutait sur le tapis et tentait d'enfourner tout ce qui se trouvait à portée de sa main ou de sa bouche (elle avait suçoté puis planté ses dents dans l'un des pieds du bureau de Santini, on pouvait voir la trace de ses dents de lait sur le bois foncé, c'était saisissant).

Gloria se rendait compte, certes encore confusément, que la situation était singulière mais qu'elle lui offrait aussi une sorte de réconfort dont elle n'était pas du tout prête à se passer. Ces trois hommes qui les couvaient du regard, elle et Stella, étaient devenus comme un paysage. Son paysage et son horizon. Santini avait même une photo de la petite dans un cadre ouvragé sur la cheminée de son bureau. Que pensaient ses clients quand ils venaient lui déballer leurs affres, leur chagrin ou leur rancune ? Cette fillette qui fronce les sourcils, avec son air de vouloir en découdre, était-elle la fille ou la nièce de Santini ? S'agissait-il d'une forme d'intimidation supplémentaire ou plutôt de suggestion ? Gloria s'était souvenue d'un film qu'elle avait vu adolescente dans lequel le serial killer, qui prenait des jeunes gens en autostop avant de les étrangler et de soigneusement les dépecer, avait placé sur son tableau de bord les photos de ses propres enfants. C'était magique. Tout le monde s'installait sur le siège passager avec confiance et gratitude, en soupirant et en agitant les orteils en prévision d'un long voyage reposant.

24

Après coup, Gloria aurait pu compter les messages d'alerte, tous les avertissements imparables, que son cerveau avait ignorés.

25

Samuel avait fini par trouver le local de ses rêves – celui dans lequel il comptait installer son atelier de « faussaire » : récupération de meubles et vieillissement artificiel du matériau. Il s'agissait d'un hangar de trois cents mètres carrés situé dans la zone d'activité de Vallenargues, entre une imprimerie sur le déclin et la préfourrière (purgatoire avant destruction). Samuel était euphorique. Santini l'avait emmené voir l'endroit. Il pouvait vous dénicher n'importe quel bien immobilier. « C'est mon dada », disait-il en souriant joyeusement comme s'il gardait une blague en réserve. Il passait une partie de son temps libre à visiter des villas ou des chantiers de complexes résidentiels, casque sur la tête, costume gris, mocassins en peau de zébu et discussions gros œuvre dans le bruit des marteaux-piqueurs. Cette pratique récréative lui permettait de faire des affaires avec régularité, et en toute légalité, qu'allez-vous imaginer. Il disait qu'il aimait « jouer à la marchande ».

Il habitait d'ailleurs un appartement somptueux dans le vieux Nice – il ne voulait pas s'encombrer d'une maison avec tout ce que ça implique d'entretien, d'intendance, de problèmes de tuyauterie, quelle horreur, et de gardiennage. Cela dit, sa terrasse ressemblait à un jardin exotique façon retour des colonies, qu'un professionnel venait entretenir et arroser chaque fin d'après-midi.

Et il collectionnait les juke-boxes. Il en possédait trois. C'était un bon début.

Pietro Santini cultivait une sorte d'ostentation accueillante, chaleureuse, généreuse. D'aucuns l'auraient trouvé vulgaire ou équivoque. Mais le monde est semé d'envieux et d'aigris. Ils vous en veulent de réussir alors qu'ils rêvent de réussir.

N'est-ce pas ?

N'est-ce pas.

Samuel s'était enthousiasmé pour Santini dès que Gloria les avait présentés l'un à l'autre. Pour organiser la rencontre en question, elle avait pris des précautions qui laissaient envisager qu'elle redoutait la réaction des deux parties ou qu'elle considérait que l'enjeu de cette rencontre se révélait très au-delà de « mon bien-aimé fait la connaissance de l'ami de mon père ». De plus Santini avait tendance à appeler Samuel Salomon quand ils parlaient de lui ensemble. Ce qui échappait à l'entendement de Gloria ou lui laissait un arrière-goût désagréable.

Santini les avait invités à dîner tous les deux. Stella dormait paisiblement à la maison, gardée par une jeune fille honnête et courageuse, « comme le petit âne gris », avait précisé Santini, une fille qu'il avait dégotée grâce à son entregent puisque celui-ci recouvrait à peu près toutes les corporations.

Le restaurant était parfait, ouaté, luxueux, mortifère, on y parlait avec des voix d'écureuil, on y mangeait du bar de ligne, des asperges vertes des Alpilles et des petites choses sucrées-moutardées, on y buvait des vins corses venus de parcelles si petites qu'elles auraient pu passer pour des jardinets. Santini avait choisi du cochon de lait laqué et il avait souri à Samuel en disant, « Sans offense n'est-ce pas. » Samuel n'avait pas compris, il s'était tourné vers Gloria qui avait hoché la tête, apaisante. Il s'était donc contenté de se délecter sans malice de cette richesse et de cette abondance. Il ne cessait de jeter des regards à Gloria avec les yeux brillants, il avait de nouveau cinq ans et on était le 24 décembre, il écoutait ce que racontait Santini, ou bien il n'écoutait pas mais faisait parfaitement mine de.

Au moment du digestif, Santini avait passé son bras autour des épaules de Samuel et il lui avait demandé, « Ça vient d'où ça, ce nom, Samuel, c'est pas un prénom juif ? » et quand Samuel avait haussé les sourcils pour signifier que la question ne s'était jamais posée, que ses parents avaient dû, sans finasser, trouver ce nom seyant et qu'il aurait tout aussi bien pu s'appeler Jordan ou Jean-Philippe, Santini avait esquissé son sourire de chat et un geste au personnel afin qu'on lui apportât la cave à cigares.

Après cette première rencontre, Santini avait dit à Gloria que Samuel était un gars « comme ça » (pouce de la main droite levé bien haut, et grimace appréciative), et il avait commencé à venir chercher Samuel en fin de journée afin de l'emmener visiter des locaux pour son activité, il était si déterminé qu'on ne pouvait pas penser un seul instant qu'il échouerait à lui dénicher l'entrepôt de ses rêves. Il le trimballait partout.

Vers dix-neuf heures, Santini klaxonnait, Gloria mettait le nez au balcon, elle apercevait sa décapotable, son chapeau crème et ses lunettes miroir, il lui faisait un grand bonjour de la main, elle ressentait un minuscule malaise devant tant de gloriole, c'était son côté Roberto Marcaggi, son côté « on ne fait pas de vagues et on ne fait pas jaser les voisins », mais il y avait aussi, et Dieu sait si c'est difficile à assumer, une dégoûtante piqûre de contentement, « Tout le monde voit qu'un homme important et riche passe prendre mon bien-aimé pour des affaires qui les occupent. »

C'est Pietro, disait-elle sans se retourner vers le salon où Samuel lisait *Le Turf*, allongé sur le canapé, chevilles croisées. Il sautait sur ses pieds, embrassait Gloria et Stella qui tétait des cubes en plastique d'un air songeur, et il attrapait ses clés sur la desserte avant de se sauver – il possédait un trousseau énorme et superflu (pourquoi garde-t-on les clés des maisons que l'on n'habite plus ?) qui cliquetait quand il l'extrayait de sa poche la nuit en sortant de l'ascenseur et en tentant de viser la serrure. C'est ainsi qu'elle l'entendait arriver, elle était en général devant la télé en train de penser à autre chose ou bien elle lisait un polar dans le fauteuil sous l'abat-jour, elle faisait comme lorsqu'elle était petite fille dans le jardin de Kayserheim, elle suçotait des bonbons à la menthe qui s'affinaient pour devenir aussi affûtés que des flèches de verre, elle sentait l'aiguillon lui piquer l'arrière-gorge, elle triturait le bonbon avec sa langue comme elle triturait l'idée de se faire mourir en se perçant la trachée, et puis elle émergeait de son ankylose, elle se levait, son cœur ne pouvait s'empêcher de faire un bond, « Il est là », elle lui ouvrait, mettait un doigt sur ses lèvres afin qu'il ne réveillât pas la petite et calmât ses ardeurs, il gloussait, la prenait dans ses bras, titubait un pas de danse et elle se disait, Je sais je sais je sais tout ce qu'il est, mais je l'adore, ce type est une merveille.

26

Le lieutenant Bart a laissé un message sur le portable de Gloria. Il souhaitait qu'elle le rappelât dès que possible.

Elle était partie avec les filles leur acheter des fournitures scolaires. Loulou était très excitée. Gloria se souvient de cette période : septembre lui évoque les feuilles des marronniers qui se recroquevillent et se réduisent en poussière sous les pas, et aussi l'odeur du plastique tout neuf de la trousse, l'odeur d'amande de la colle que l'on met sur le bout de la langue en se faisant un peu peur – ma langue va-t-elle rester collée à mon palais ? Gloria avait aimé la rentrée. Elle avait aimé la routine de l'école. Mais elle craignait trop de laisser sa mère seule à la maison pour participer aux sorties scolaires. Elle avait peur que sa mère se volatilise pendant son absence ou que ses parents se disputent tant et si fort qu'ils divorcent dans l'instant. Et avec qui resterai-je ? se demandait Gloria. L'équilibre de la maison reposait sur ses petites épaules et, forte de cette responsabilité, elle était prête à passer pour une trouillarde auprès de ses camarades, une gamine qui ne voulait pas quitter les jupons de maman et refusait obstinément d'aller au zoo ou à l'aqualand.

Loulou n'a pas ce genre d'inquiétude, ce qui lui importe ce sont les négociations qu'elle peut mener à bien pour obtenir un sac à dos imprimé de vampires mexicains.

Stella, elle, déteste tout ce cinéma de rentrée scolaire. La perspective de la rentrée sape tous les moments agréables qu'elle a pu passer dans la maison de Kayserheim pendant l'été. Elle a décidé de ne plus adresser la parole à sa mère depuis trois jours, elle tiendra le temps qu'il faudra, elle a enfin compris – elle n'y avait, jusque-là, pas vraiment cru – qu'elles ne retourneraient pas à Vallenargues après les vacances, et le fait de devoir aller au lycée de Bottenbach lui donne la nausée. Elle est censée s'y rendre en car. EN CAR. La proposition de sa mère de l'y déposer chaque matin en voiture n'a pas été retenue une seconde. Avant de cesser de parler elle a décrété qu'elle préférait encore y aller tous les jours à vélo, même par deux mètres de neige – il neige tous les hivers dans cette putain de région. Elle a même évoqué l'idée de s'y acheminer à genoux. Elle finira par se faire à l'idée du car. Mais dès qu'elle croise quelqu'un de son âge dans les rues de Kayserheim elle trouve si c'est une fille qu'elle a l'air d'une idiote et d'une future victime, et si c'est un garçon d'un obsédé sexuel. Globalement ce sont des bouseux. Elle les trouve laids. Elle est épouvantée et/ou désespérée.

Et puis, depuis qu'elle est tombée sur le pistolet de son père que Gloria avait caché dans le tiroir du petit linge, rangé dans un sac en feutrine, la situation s'est *un brin* tendue, c'est arrivé le jour où Gloria lui a dit qu'elles ne repartiraient pas avant longtemps à Vallenargues, Stella est devenue dingue, elle a cassé un vase – un vase d'Antoinette Demongeot, ça ne dérangerait personne –, hurlé que sa mère était une menteuse et que ce qu'elle voulait c'était simplement leur bousiller la vie, les éloigner du monde et les garder pour sa seule distraction, elle a investi la chambre de Gloria en mettant à sac sa commode et son bureau, ne cherchant rien en particulier mais faisant passer sa rage sur les objets, et découvrant par hasard le Beretta, alors le brandissant, dégringolant les escaliers pour l'agiter sous les yeux de sa mère en criant, « Tu es dingue, tu es totalement dingue, tu as un port d'armes ? », Gloria calmant le jeu afin que Loulou ne voie pas le pistolet et continue de s'affairer dans le jardin à chercher des champignons plus ou moins digestes qu'elle faisait renifler au chat Cyrius-Jean-Pierre, Gloria disant, « C'était à ton père », et Stella, que la remarque-déminage de sa mère ne calmait pas, « C'est donc la seule chose que tu as gardée de lui ? », balançant l'arme sur le sol dans un geste de dégoût infini, et Gloria sursautant et répondant, « Non, ce que j'ai gardé de lui, c'est vous deux », et malgré cette réponse follement pertinente, Stella n'a pas réussi à s'apaiser, elle est restée drapée dans sa juste colère.

« Tu comptes en faire quoi ? Nous tuer et te tuer juste après ? »

En sortant du centre commercial, Gloria s'aperçoit qu'elle a reçu un message du lieutenant Bart. Elle dit aux filles de ranger les courses dans le coffre, Stella s'exécute sans un mot, avec la conviction que sa morosité et l'injustice dont elle est victime vont influer sur la planète entière – il va se mettre à pleuvoir des grenouilles, ou bien sa mère va se jeter à ses pieds pour se faire pardonner et lui proposer de lui acheter dans la seconde un smartphone afin qu'elle puisse de nouveau librement joindre son amie Sarah. Gloria avait accepté que Stella envoie un SMS à Sarah depuis son propre téléphone (avec numéro caché) pour expliquer que des problèmes familiaux les tiendraient éloignées quelque temps l'une de l'autre – Stella avait écrit « des conneries paranos de trucs familiaux qui m'emmerdent ». Gloria n'avait pas bronché.

« Nous avons une bonne nouvelle, a dit le lieutenant Bart en décrochant.

— Vous l'avez arrêté ?

— Qui ?

— Santini.

— Maître Santini ? Non, non.

— Alors quelle bonne nouvelle ?

— Madame Marcaggi, vous n'êtes menacée par personne et vos filles non plus. C'est une bonne nouvelle, n'est-ce pas ?

— Je ne comprends pas.

— Maître Santini a été convoqué par nos collègues à Nice, et il s'est expliqué tout à fait clairement, il est hors de tout soupçon.

— Il est très fort.

— Tout ce qu'il a dit était vérifiable.
— Il est très fort, je vous dis.
— Et l'autre information importante c'est que nous avons la certitude que monsieur Lucca Giovannangeli s'est suicidé.
— Je rêve.
— Non, vous ne rêvez pas (un peu d'agacement maintenant dans la voix du lieutenant). L'autopsie est formelle. Même si la manière de procéder de monsieur Giovannangeli a été difficile à reconstituer.
— C'est-à-dire ?
— Il s'avère qu'il a mis au point un mécanisme comme celui de ses boîtes à musique – il était spécialiste et collectionneur de boîtes à musique, à en croire ses voisins.
— Je sais (exaspération, surventilation, difficulté à rester polie).
— Il s'est étranglé lui-même. À l'aide de câbles qu'il a laissés s'enrouler grâce à une clé de remontage pour tendre des ressorts. L'expertise a établi que c'était bien lui qui avait peaufiné – si je puis dire – la chose. Et que cela faisait un moment que cette idée lui trottait dans la tête. Ou du moins qu'il en étudiait la possibilité. Il avait tout calculé : le nombre de câbles nécessaire, la vitesse à laquelle l'enroulage devait s'effectuer, la petite musique qui passerait. On a retrouvé plusieurs carnets remplis de schémas. Beaucoup de gens font ça.
— Font quoi ?
— Élaborer la meilleure façon d'en finir. En général ils cherchent la manière la moins douloureuse de s'y prendre.

— Il a laissé une lettre ?

— Non.

— Vous voyez bien.

— Je vois quoi ?

— Quelqu'un se suicide dans des conditions bizarroïdes qui demandent, vous me l'accorderez, une mise en œuvre délicate quand on est un vieil homme qui n'a plus toutes ses facultés, et cette personne ne laisse rien pour expliquer son geste...

— Il ne l'explique pas. Il l'avait simplement prévu.

— Je doute de cette version.

— De plus (le lieutenant Bart parle plus fort, il s'échauffe, il doit faire des grimaces éloquentes à son voisin de bureau en mimant que son interlocutrice est timbrée), et cela devrait définitivement vous convaincre, il a été déterminé que monsieur Giovannangeli ne s'est pas suicidé le jour où monsieur Santini lui a rendu visite, mais deux jours plus tard (il conclut sa tirade, triomphal), le temps sans doute de mettre au point son dispositif.

— Je continue à douter de cette version.

— Et moi je vais finir par me demander pourquoi vous tenez absolument à faire endosser à monsieur Santini la mort de monsieur Giovannangeli.

— Mais pourquoi aurait-il voulu se suicider ?

— Pourquoi les gens se suicident-ils ? Il était vieux, handicapé, isolé, et la visite de monsieur Santini a peut-être ravivé des souvenirs douloureux. Monsieur Santini dit qu'ils ont parlé du passé. Du temps qui file. Et de vous. »

Après avoir raccroché, Gloria est restée un moment songeuse, adossée à la voiture. Loulou a frappé à la vitre, les filles s'étaient réfugiées à l'intérieur, il commençait à pleuvoir. Quelque chose échappait à Gloria. Quelque chose qu'elle avait oublié, lui semblait-il, comme lorsque vous avez un nom propre sur le bout de la langue, dont vous ne vous rappelez que l'initiale et que vous êtes obligé de vous passer la totalité de l'alphabet pour retrouver la deuxième lettre du nom en question. Quelque chose qui demeurait brumeux. Un espace gris au milieu de sa mémoire. Quelque chose d'important qui avait disparu.

27

Tonton Gio, pendant leur déjeuner du mardi, disait parfois à Gloria :

« Ton père, il y avait ses amis d'avant et il y a eu ceux d'après. »

Après quoi ? Après le Village ? Après ma mère ? Après le chagrin ? Après la maladie ?

« Après. »

Santini et Tonton Gio se connaissaient, bien sûr, mais n'auraient jamais eu l'idée de se fréquenter.

Elle s'était retrouvée un jour à écrire l'équivalence :

Tonton Gio aime Gloria qui aime Samuel qui aime Santini qui aime Gloria qui les aime tous les trois.

Puis elle avait colorié tous les o et les a. Et elle avait froissé le papier. Elle s'était postée sur le balcon, Stella était à l'école, c'était l'heure de la récréation de l'après-midi, la cour de l'école jouxtait l'immeuble de chez les Marcaggi-Beauchard (Samuel s'appelait Beauchard, j'avais oublié de vous en faire part). Gloria donnait rendez-vous à Stella. Au milieu des hurlements et des cavalcades (l'impression qu'on libère à chaque récréation une multitude d'électrons qui s'agitent de manière tellement désordonnée et rapide qu'ils finissent toujours par se tamponner), Stella grimpait sur le muret, se penchait et agitait son bras à travers la grille, elle envoyait des baisers à sa mère, et, s'étant acquittée de ce rituel aussi important pour elle que pour Gloria, elle sautait du muret, repartait en courant, refranchissait la faille spatio-temporelle qui lui permettait de réintégrer l'appareil de sa vie de fillette de trois ans, elle agitait sa chevelure, s'égosillait dans le tumulte et courait avec tout le discernement d'une bille de flipper.

Gloria n'aurait jamais imaginé devenir l'une de ces personnes qui regardent leur enfant et pensent, Le temps passe si vite.

Un jour Samuel, en rentrant, allant soulever le couvercle de la cocotte sur le feu (Gloria s'était mise à cuisiner), piquant un haricot, revenant dans le salon, se servant un whisky, retournant à la cuisine pour chercher des glaçons, parlant d'un client potentiel que lui avait présenté Santini, ne finissant pas ses phrases, proposant un verre à Gloria, retournant de nouveau dans la cuisine et continuant de manière chaotique de lui raconter son anecdote, haussant la voix pendant qu'il lui préparait un mojito, revenant, caressant les cheveux-plumes de Stella comme on effleure machinalement une sauge afin de libérer son parfum, et s'arrêtant un instant, plissant les yeux en tendant son verre à Gloria, et disant :

« Tu sais, tu devrais t'occuper.

— Je suis occupée. » Elle, rêvant de lui hurler cette phrase, de fulminer et de taper du pied, les gens tapent vraiment du pied dans la réalité, ils ont parfois de nouveau quatre ans, mais ne le pouvant pas parce que Samuel est plein de sollicitude et d'amour, et qu'après avoir dit cela il lui touche le bras et lui sourit et il reprend son récit. Il a une façon si particulière de la toucher, il le fait de plus en plus délicatement, il adopte le soin et le doigté d'un braqueur qui tenterait d'ouvrir un coffre-fort. Samuel ne veut pas simplement se souvenir de l'amour. Samuel aime toujours intensément Gloria. Et c'est quand il la touche qu'elle s'en rend le mieux compte. Ça n'a pas à voir directement avec le sexe – il est toujours un amant magnifique (si tant est que cela veuille dire quelque chose : c'est une affaire de chimie – son odeur, sa texture, son rythme, sa voix, son rire, sa beauté), elle ne se sent pas encore obligée d'utiliser les gémissements de manière performative (je gémis donc j'aime ça) même si elle sait que cela pourrait advenir un jour.

« Tu n'as pas envie de faire signe à ta mère et de lui dire qu'elle a une petite-fille ? a demandé Samuel.

— Non sans façon.

— On pourrait la retrouver sans trop de difficulté je pense.

— Ce n'est pas le problème. Stella a déjà une mère, un père et deux bonnes fées qui veillent sur elle.

— Tu parles de bonnes fées.
— Ils ne lui veulent que du bien.
— Ça, c'est sûr.
— Et puis on n'a qu'à l'emmener voir ta mère, si elle a besoin d'une mère-grand.
— Pourquoi tu dis ça, mon cœur ? »

La mère de Samuel avait perdu la boule quelques années après son veuvage. Elle écrivait tout ce qu'elle devait faire sur des post-it qu'elle découpait en bandelettes (pour un usage plus raisonné) et qu'elle collait à peu près partout dans la maison. Il avait fallu la « placer » le jour où elle s'était mise à prendre la caissière de la supérette pour sa sœur et le facteur pour un prétendant qu'elle avait eu dans sa jeunesse.

La situation avait rappelé à Gloria le fait que, avant de les quitter définitivement, sa mère, désirant parler le moins possible à son mari, en était venue à ne communiquer avec lui qu'avec de petits mots qu'elle scotchait à droite à gauche dans la maison : « CLEFS » ou « POUBELLE » ou « TROISIÈME TIERS », toujours en capitales, sans aucune autre formule que l'injonction elle-même, mais placés à des endroits stratégiques et inévitables, au milieu de la porte d'entrée sous le judas, dans la salle de bains sur le miroir, etc.

Gloria n'aurait jamais imaginé devenir l'une de ces femmes qui se demandent si elles aiment leur enfant davantage que le père de leur enfant.

Stella était indéniablement le centre de la vie de Gloria, tandis que Samuel virevoltait autour d'elles deux, passant beaucoup de temps à jouer à la pétanque avec une bande de vieux et de rastas au parc des Oublis, ou à jouer au poker des nuits entières (pourquoi joue-t-on au poker la nuit ? pourquoi écrit-on la nuit ?) avec des types que Gloria n'aurait pas voulu croiser, misant de l'argent, s'amusant, ne prenant jamais rien tout à fait au sérieux à part sa fille et sa femme. Et c'était tellement précieux un type qui ne vous emmène pas en boîte ou au bowling pour s'enfiler bière sur bière, qui ne vous claque pas les fesses pour vous congédier le plus gentiment du monde, en vous disant, « Va danser avec les meufs, darling, j'ai des trucs à régler », et partant régler ses trucs de mec avec d'autres mecs, vous faisant un signe de loin en levant sa bouteille, pendant que vous vous trémoussez en pensant, Je vais rentrer à la maison, oui, je vais rentrer tranquillement à la maison, mais seulement après lui avoir extrait les deux yeux des orbites à la petite cuillère. C'était tellement rare et précieux dans les parages, un type qui échappait à cette typologie (un mot de Tonton Gio). Samuel était un gentleman. Si Gloria avait eu des amies, elles lui auraient toutes répété :

« Ton Sami est un gentleman. »

D'une certaine façon, Gloria était consciente de sa chance.

Quand Samuel ne s'adonnait pas à ses activités récréatives on pouvait toujours le trouver dans ce qu'il appelait maintenant son atelier, il y conviait facilement ses deux princesses, Stella l'assistait avec des outils et une concentration à sa mesure, perchée devant l'établi sur un tabouret haut, Gloria bouquinait sur une fausse chaise longue Charlotte Perriand ou les prenait en photo, photos systématiquement floues mais c'était sans importance, Gloria était convaincue – ou se convainquait avec une emphase touchante – que les photos floues appréhendaient mieux l'essence des êtres.

« Si tu veux je peux t'aménager une chambre noire dans l'atelier.

— Je ne travaille pas en argentique, Samuel Beauchard.

— Oui mais ce serait stimulant, non ?

— Je ne suis pas photographe. J'aime simplement photographier ma petite fille et l'homme que j'aime. »

Il passait trop de temps à l'atelier. Gloria avait calculé qu'il était resté de février à début avril neuf dimanches de suite à l'atelier. Elle notait la chose dans son petit agenda. « A ». Comme les femmes qui inscrivent R à la date de leurs règles sur le calendrier de la cuisine pour que personne ne soit trop clairement au fait qu'elles sont des animaux menstrués.

Quand Samuel sentait le terrain un peu glissant, il racontait une anecdote de son ancienne vie.

Pendant longtemps, ces récits avaient su divertir Gloria.

« J'ai connu un type qui vendait tout et n'importe quoi. Il vendait des photos du pape qu'il avait prises au musée Grévin, des faux bouts du mur de Berlin, des bois chantants du Tibet qu'une famille chinoise lui fabriquait dans un sous-sol du 5e à Marseille, il faisait confectionner à Berlin d'anciens uniformes de la Wehrmacht. Je ne peux pas penser que les gens y croyaient vraiment. Mais j'imagine que l'histoire leur plaisait et qu'ils avaient plaisir à la raconter. »

Gloria observait Samuel et se demandait sur quoi reposait une relation : était-ce simplement sur la capacité d'oubli et de pardon de chacun des protagonistes ? Ce dont sont structurellement incapables certaines personnes, n'est-ce pas.

Si le matin elle s'interrogeait tout haut sur le temps qu'il allait faire, Samuel, qui écoutait toujours la radio dans la salle de bains, la renseignait. Et s'il s'avérait qu'il pleuvait alors qu'il avait dit qu'il ferait beau, elle lui en voulait.

Toutes les fois où elle cassait, ratait, perdait quelque chose, elle cherchait qui pouvait en être responsable à sa place. Qui l'avait poussée à. Qui ne l'avait pas empêchée de. Et comme chacun sait, il n'y a rien de plus naturel pour endosser cette charge que celui ou celle qui partage votre vie.

Le jour où il avait rapporté l'une de ces machines à expresso à capsules individuelles – Samuel revenait souvent avec un gadget pour l'une ou l'autre – Gloria l'avait regardé la mettre en marche. Mais le lendemain la machine avait disparu.

« Qu'est-ce qui s'est passé ? Elle ne fonctionnait pas ?

— C'était un cauchemar environnemental. Je l'ai achevée. »

Elle avait commencé peu à peu à parler comme Tonton Gio. Et à s'adonner comme lui à toutes les formes d'indignation que proposait l'époque.

Notons que lorsque Samuel était apparu un soir avec le Beretta 92 qu'un client lui avait refilé pour tout paiement, elle ne lui avait pas demandé de s'en débarrasser mais elle avait plaisanté en l'examinant, « Il faudra apprendre à Stella à s'en servir quand le temps viendra. » Et elle lui avait dit qu'elle-même aimerait savoir tirer. Il avait sauté sur l'occasion. Ça les avait occupés deux bons mois.

Si Samuel savait tirer c'est que dans son Anjou natal il avait arpenté les forêts en automne avec son grand-père (le vieux tenait un rade sur la départementale où on buvait une gouttiche ou un pastaga dès huit heures du matin, le vieux était énorme, moustachu et pas follement progressiste). Samuel avait appris à sept ans le maniement des fusils. Le vieux n'avait qu'un petit-fils. Faute de grives, n'est-ce pas. Il lui avait expliqué le type, la taille et la charge de grenaille à utiliser selon le gibier choisi. Samuel était studieux, il tirait juste, mais son grand-père le trouvait sentimental et rêveur – il le surnommait Bernadette Soubirous et avait fini par le déclarer inapte.

Samuel avait su apprendre à tirer à Gloria. Il n'avait en effet pas perdu son adresse et les deux mois que Gloria et lui passèrent, casque jaune antibruit sur les oreilles, à viser des bouteilles de javel et des cannettes dans les Alpilles furent des mois de parfaite complicité. Ce furent même les premières fois où Gloria parvint à se séparer quelques heures de Stella, la confiant à la garde de Tonton Gio à La Traînée.

Si Gloria aimait tirer juste, elle adorait tout particulièrement démonter le Beretta, elle aimait nettoyer son arme, chouette et brillante, la nettoyer pour le plaisir, la caresser, elle aimait déposer méticuleusement les pièces et les ressorts sur un rectangle de feutrine, retirer le chargeur, tirer sur la glissière, vérifier trois fois (toujours trois fois) que la chambre de tir était vide, retirer le canon et enfin nettoyer dissoudre lubrifier graisser. Elle aurait aimé la garder en elle, cette arme, comme on garde un mystère.

Samuel admettait sans peine les petites bizarreries de Gloria – ce qui agaçait celle-ci : elle avait l'impression qu'il se contentait de considérer les femmes comme des créatures lunatiques mais pleines de charme. Dont la fantaisie, même un peu forcée, les empêchait de devenir lassantes trop rapidement.

Elle avait pris conscience que, dans les couples (mon Dieu elle en était venue à ce genre de généralité, comment échapper aux généralités), on était heureux d'entendre l'autre raconter son enfance. Au début. Au début de l'histoire. On se félicitait l'un l'autre d'avoir miraculeusement survécu à une enfance ennuyeuse ou difficile. On avait l'impression de percer une énigme. Et puis peu à peu on se fatiguait. Le récit de la vie de l'autre avant notre surgissement dans son existence achevait de nous hérisser comme l'aurait fait un chat à force de nous tournicoter dans les jambes.

Ce léger écœurement avait contaminé la relation que Gloria entretenait avec ses propres rêves. Elle les avait toujours considérés comme des trésors. Mais il est certain que chacun de nous pense que ses rêves sont des pépites remarquables – et c'est sans doute pour cette raison qu'on assomme nos partenaires en les leur révélant au petit matin devant le café au lait et le fourrage au muesli. Quand elle avait compris que Samuel ne s'y intéressait pas outre mesure elle avait commencé à les noter – par oisiveté, embarras, complaisance, ou espoir d'y déceler une interprétation inédite. Elle tenait une chronique de ses rêves. Ce qui était accablant d'insignifiance.

Cependant, l'irritation de Gloria s'en allait régulièrement comme un ressac et elle redevenait tendre et aimante, laissant à Samuel de petits messages amoureux sous son oreiller ou dans les poches de sa veste, l'autorisant à lui laver les cheveux quand elle prenait son bain, l'appelant de nouveau Sami ou mon amour ou ma vie ou mon unique et non plus Samuel-Beauchard comme elle le faisait dans les périodes de turbulences.

Elle ne devait pas se réjouir de son absence, elle ne devait pas garder trop d'endroits inaccessibles en elle.

Elle savait que les dialogues dans leur couple risquaient de devenir peu à peu des manœuvres : attaque, défense et contre-attaque. Et cela ne faisait que la rendre plus triste. S'agissait-il donc d'une fatalité ? Samuel s'en accommodait à la manière dont il s'accommodait de tout. Il regardait les événements fâcheux de l'existence comme de simples accrochages. Il était si peu inquiet, si confiant, si tranquille.

28

Un jour ça la reprend.

Elle est en ville, à Kayserheim, pour faire quelques courses, accompagnée de Loulou. Stella n'a pas voulu bouger de son lit. Toutes deux passent, repassent, labourent la rue principale, vont chercher le pain, déposent les manteaux au pressing en vue de l'hiver, discutent, repassent encore.

Et le type est toujours là.

Alors elle tapote à la portière. Le type, dans la voiture, envoie des SMS, trompe sa femme, espère tromper sa femme, vérifie s'il a de nouvelles demandes d'amis, consulte des offres d'emploi, baisse la vitre. Elle est très aimable, « Excusez-moi mais je suis passée il y a un quart d'heure et vous aviez déjà votre moteur qui tournait. »

Le type reste perplexe.

« Y a-t-il une raison pour laquelle vous laissez votre moteur allumé pendant autant de temps ? »

Le type écarquille les yeux, il n'en sait rien, il n'y a pas pensé, il cherche une réponse.

« Je suppose que c'est simplement parce que vous n'en avez RIEN À FOUTRE DE NOTRE GUEULE. »

Les six derniers mots sont hurlés. Le type est effaré. Il éteint son moteur (essayez, prenez-les par surprise) et elle continue :

« J'habite ici avec ma PETITE FILLE et on n'en peut plus des CONNARDS comme vous. »

Loulou tire sa mère par la main et lui dit tout doucement, « Tu me fais peur. »

Gloria laisse le type à sa sidération, elle part en trottinant avec sa fille, se penche vers elle pour la rassurer et lui chuchote :

« Oui, ma chérie, mais tu as vu, ça a marché. »

Puis elle se sent un peu nauséeuse. Ça faisait six ans que la colère l'avait quittée.

29

Pendant des années, Gloria avait senti sa colère devenir un béton assez dur pour que quiconque s'y brisât les phalanges en y cognant les poings. Cette colère pouvait s'adresser à tout un tas de choses ou de gens, un serveur dans un restaurant, un type qui faisait chier son chien devant le portail de l'école, la basket gauche de Stella impossible à retrouver avant le cours d'éducation physique, la robe rouge qui avait déteint sur tout le reste de la lessive, les talibans, l'individualisme forcené, ou l'impossibilité des vieux Grecs à prendre leur retraite. Sa haine était farouche, imprévue, éternelle.

Elle attendait que le type la colle un peu trop près dans le bus, que la grosse femme s'adosse à elle, que le jeune crétin casqué bientôt sourd écarte les genoux (à cause de ses couilles surdimensionnées, à n'en pas douter) en prenant toute la place sur la banquette.

Elle cherchait continuellement la bagarre. La colère montait et trouvait sa justification, elle s'exposait, puis semblait disparaître. Cependant elle était toujours là, embusquée. Chaque matin

Gloria se disait, Aujourd'hui je ne me mettrai pas en colère. Et chaque jour elle échouait. Que fait-on d'une colère que l'on garde toujours en soi ? Devient-elle une vilaine tumeur ? Un mélanome sur la peau du bras ? Une petite boule de cheveux au fond de l'utérus ?

Samuel lui avait dit :

« Fais quelque chose de ton indignation.

— Que veux-tu que j'en fasse ?

— Inscris-toi dans une association, par exemple.

— L'association des indignés et des atrabilaires ?

— Non, un truc pour défendre les femmes battues, les animaux en voie de disparition, un truc pour lutter contre la pêche à la dynamite ou la montée des eaux, quelque chose dans ce goût-là.

— Je décide de ne pas te prendre au sérieux, Samuel-Beauchard, sinon ça pourrait me mettre très en colère. »

30

Il avait fini par lui montrer la définition dans le dictionnaire.

« Sentiment de persécution pouvant aller jusqu'à un point d'irrationalité et de délire. »

Quand il était rentré à la maison, ce soir-là, elles l'attendaient dans la salle à manger, jouant à Puissance 4 en inventant des règles idiotes – qui permettaient à Stella de ne jamais perdre.

Il avait tout de suite vu qu'elle avait l'arcade sourcilière et la paupière violettes. Il avait soulevé sa mèche d'une main délicate. « Qu'est-ce qui s'est passé ? » Et Stella avait dit à toute vitesse, « C'est un monsieur qui a poussé maman dans le bus, elle s'est fait mal contre la barre, alors on est allées à la pharmacie et la dame elle a donné des pansements spéciaux qui font comme des points de couture, et elle a dit que maman devait porter plainte. »

Samuel s'était adossé au mur, « Qui est ce type, où il est ? »

Et Gloria avait soupiré. Un soupir du genre, « Je me débrouille très bien toute seule, merci, je sais me défendre et défendre mon enfant. »

Mais Samuel n'avait pas du tout envie d'en rester là.

Il avait dit à Stella d'aller dans sa chambre et il avait demandé des éclaircissements.

Gloria avait de nouveau soupiré, elle avait l'impression de se justifier, il avait dit, « Je te demande simplement de me raconter ce qui s'est passé », alors elle avait raconté qu'elle était assise dans le bus avec Stella sur les genoux, elles revenaient du square près des fortifs, la petite faisait des commentaires sur ce qu'elle voyait par la vitre, elle portait une minuscule jupe froissée, son gilet préféré (taché mais propre, des taches lavées et relavées à la machine) et des chaussettes non assorties, elle avait perdu sa barrette et elle avait trempé ses cheveux dans la fontaine. Un homme debout dans l'allée avait secoué la tête. Il avait regardé Stella et il avait secoué la tête.

Samuel dit, « Et ? » Samuel essayait de comprendre. Samuel s'inquiétait et il essayait de comprendre.

« Je lui ai dit d'aller se faire foutre.

— Comme ça de but en blanc ?

— Il était un reproche sur pattes. »

Le type avait feint la surprise et puis il lui avait dit qu'elle était dingue, qu'elle devait aller se faire soigner, elle s'était levée pour descendre et le bus avait freiné, elle avait Stella dans les bras, et le sac du goûter et la gourde, elle avait dit, « Sombre connard », elle adorait dire, « Sombre connard », le type avait lancé, « Je plains votre petite », mais ça, Gloria s'abstint de le rapporter à Samuel, elle se voyait simplement habitée par une juste rage, le bus avait freiné, l'homme qui jouait au gentleman offusqué devant le public des usagers l'avait sciemment et perfidement bousculée ou ne l'avait pas retenue, c'est égal, et elle s'était cogné le visage contre la barre, elle tenait la petite et le sac du goûter et la gourde, elle s'était cognée et le type n'avait rien fait pour l'aider.

« Tout le monde était de mon côté.

— Tout le monde ?

— Les gens du bus. Même le chauffeur. Alors j'ai craché sur les pompes du type. C'est tout ce que je pouvais faire avec la petite dans les bras et le sac du goûter et la gourde. Je suis descendue et une dame m'a accompagnée à la pharmacie. »

Samuel déclara, « Tu m'inquiètes. »

Et puis il partit chercher le dictionnaire.

Mais Gloria avait souri en lisant la définition.

« Ce n'est pas ce que tu crois, amour, ça n'a rien à voir. Ce sont les autres qui sont affreux. »

31

La rentrée est passée. Elles dînent dans la cuisine, Gloria laisse le poêle allumé, les soirées se font fraîches à Kayserheim. Elle pose des questions aux filles. Loulou choisit des détails sans lien les uns avec les autres.

Elle dit :

« J'ai perdu mes ciseaux. J'en avais besoin pendant les mathémalculs.

— Mathématiques.

— Je crois que c'est la fille blonde qui me les a pris.

— Laquelle ?

— Elle s'appelle Deodora. Mais elle, elle dit que non.

— Elle dit qu'elle ne s'appelle pas Deodora ? (Tentative de coup d'œil complice vers Stella, échec de la démarche.)

— Non elle dit qu'elle a pas volé mes ciseaux.

— Je t'en rachèterai.

— Et je me suis fait une nouvelle amie dans la cour.

— Et elle, elle s'appelle comment ?

— Miami je crois. »

Loulou continue à babiller, et on finit par décrocher : quand elle dit par exemple qu'elle a vu leur voisin de la scierie, le père Buch, dans sa cour avec un masque sur le visage, personne n'écoute vraiment, Stella demande, « Un masque de tigre ou de loup ? » et Loulou répond, « Non non, un masque blanc comme celui des docteurs. » Elle précise, « Tu sais, comme les masques qu'ils portent dans les hôpitaux pour pas attraper des maladies. » Le sourire de Gloria se fait bienveillant et inattentif, brumeux. Personne ne peut être concentré de manière permanente sur les discours des petits enfants. C'est une sorte de bruit blanc. Un grésillement radiophonique.

Quant à Stella elle ne parle toujours pas à sa mère. Elle se lève tôt pour prendre le car, traîne des pieds, refuse les parapluies (et il peut vraiment pleuvoir des cordes dans ce bled), laisse pousser sa frange avec la délectation adolescente de la provocation capillaire, ce qui semble très inconfortable (elle n'y voit pas grand-chose), mais de toute façon, que quelqu'un ose me dire le contraire, cet âge n'a aucun lien avec le confort, elle fait ses devoirs dans sa chambre et non plus dans la cuisine comme l'année précédente, elle continue d'être protectrice et chamailleuse avec sa sœur, elle joue avec elle, accepte sans trop se faire prier de jouer aux sept familles et, si Gloria souhaite se joindre à elles, elle ne s'y oppose pas mais les parties s'organisent autour de, « Demande à maman si elle a le père dans la famille plombier. »

Gloria essaie de se dire, Ça passera. Elle s'est préparée au moment où ses filles auraient honte d'elle, marcheraient dix pas derrière elle, lui demanderaient de les déposer à deux rues de l'école, ne pourraient plus être embrassées qu'avec embarras en s'écartant presque aussitôt, et la considéreraient comme un animal préhistorique à peine fonctionnel. Malgré tout, cette hostilité la blesse.

Ce soir-là, à la fin du dîner, alors que Gloria vante à ses filles les mérites des clémentines et des fruits de manière générale, même si Stella regarde la nappe en tapotant la table avec son index et son majeur, et que Loulou n'écoute rien, concentrée sur la vieille DS de sa sœur, on frappe à la porte du porche. Celle qui donne directement dans la cuisine. Gloria sursaute. Elle écarquille les yeux, affolée. Elle redevient la veuve de pionnier avec ses deux filles, isolées dans une petite ferme au milieu du Nebraska. Stella note la réaction de sa mère et elle soupire plus fort que d'habitude, exaspérée. Elle se lève pour aller ouvrir. C'est le père Buch. Il a l'air hagard. « Rentrez, dit Stella, il fait froid. » Il avance d'un pas, Stella peut refermer la porte. Il semble sonné. Gloria lui demande si ça va.

« Non. Ça va pas.

— Asseyez-vous, monsieur Buch. Que se passe-t-il ? »

Mais le père Buch reste debout.

« Ils les ont empoisonnés, répond-il.

— Qui a empoisonné qui ?

— Mes petits.
— Vos petits ?
— Mes chiens.
— On a empoisonné vos chiens ? »

Il regarde autour de lui comme s'il avait un doute sur l'endroit où il se trouvait, comme s'il se demandait s'il était bien chez sa voisine, parce que la femme qui pose ces questions a l'air tout à fait sotte.

Se rendant compte de son désarroi, Gloria se lève, elle enfile un blouson qui pend à la patère, elle remonte la fermeture éclair, prête à prendre les choses en main.

« Ils sont mal en point ?

— Ils sont morts. Je les ai enterrés derrière la scierie. »

Elle se retrouve les bras ballants.

« Rufus et Raoul étaient déjà morts. Romuald agonisait. Je l'ai achevé. »

Gloria fait signe à Loulou de déguerpir.

« Chérie, tu peux regarder un petit dessin animé avant d'aller te coucher.

— C'est vrai ? demande la gamine en émergeant de son jeu.

— Oui oui. On te dira quand tu éteins et quand tu dois monter te laver les dents.

— Trop la classe. »

Déguerpissement de la petite. Soulagement. Reconcentration.

« Que s'est-il passé ?

— Je suis sorti de la maison vers dix-sept heures, il faisait quasi nuit. Mais j'ai vu quelque chose dans la cour. J'ai cru que c'étaient des vêtements et des bottes. Je me suis dit qu'un des gars avait dû les oublier en remontant dans sa camionnette, alors je suis allé les chercher parce que j'ai pensé qu'il risquait de pleuvoir et qu'il serait content de les récupérer secs demain. Mais j'ai constaté que c'était Rufus allongé tout raide dans la cour. C'est à ce moment que j'ai entendu Romuald geindre dans le chenil.

— Le chenil.

— C'est une vieille propriété. Il y a un chenil, une écurie, un four à pain, des dépendances. Tout un tas de trucs.

— Et vous habitez seul tout le temps ?

— Oui. »

Il paraît tenter de comprendre ce qu'elle insinue par là.

« Ce n'est pas un problème tant qu'on n'étripe pas mes chiens », avance-t-il.

Gloria reste immobile, debout près de la porte, dans son blouson bleu molletonné trop grand, piqueté des pennes de minuscules plumes blanches. Stella intervient :

« Et ils n'auraient pas pu s'empoisonner avec des champignons ou une herbe ou quelque chose dans ce genre ? »

Le père Buch ne daigne même pas jeter un coup d'œil vers elle.

« Ils sont pas cons », dit-il.

Le père Buch s'est assis, comme on s'effondre, sur la chaise que vient de quitter Loulou. Il ne se rase pas souvent, et la peau de son visage semble cuite par la gnôle, mais il a l'œil vif et le ton autoritaire des hommes qui ont travaillé avec des journaliers toute leur vie.

« C'est ces petits bâtards de vanniers qui ont fait ça. Il y a un camp de Yéniches sur la route de Bottenbach. Ils savent pas élever leurs mômes. Ça pousse comme le mouron. Et mes chiens les aiment pas trop, ces gamins-là. Ils les mordent quand ils leur tombent dessus. Ils les empêchent de venir piquer des outils à la scierie. Alors forcément les gamins les détestent. Et c'est bien un truc de Yéniches d'empoisonner les bestioles. S'ils pouvaient, ils nous empoisonneraient tous. »

Gloria se dit qu'elle ne souhaite pas inviter cette acrimonie dans sa maison. C'est comme de laisser l'hiver entrer chez vous, prendre ses aises, éteindre le feu et tout submerger de neige. Elle a, depuis maintenant six ans, remisé sa propre colère pour devenir quelqu'un de merveilleusement civilisé et poli. Quelqu'un qui dit, Oups, pardon quand on la bouscule. Elle a envie de foutre le père Buch dehors.

Stella dit :

« Vous auriez pu appeler la police, monsieur Buch, si vous ne les aviez pas enterrés. À présent il va vous falloir les déterrer…

— Hors de question.

— … pour savoir de quoi il retourne. »

Buch se lève d'un bond, fâché, et il dit :

« Avant d'arriver au chenil, j'ai trouvé Raoul à côté de la pompe dans la cour, il était mort. C'était un gentil, Raoul, et là, de le voir claqué au milieu de son dégueulis… Quant à Romuald il avait dégobillé tripes et boyaux à l'abri dans le chenil. Il était agité de convulsions. Il me regardait comme si je pouvais le sauver. Qu'est-ce que vous vouliez que je fasse ? »

Il écarte les bras.

« Qu'est-ce que vous vouliez que je fasse ? »

Il tourne les talons et il ressort.

Il est tellement furieux. Tellement malheureux. Il ouvre la porte, la referme à la volée, elle s'enclenche mal, Stella va la verrouiller et elle lance :

« C'est lui qui les a empoisonnés. »

Gloria reste interloquée. Mais Stella n'ajoute rien, elle part dans le salon dire à sa petite sœur de monter se coucher.

Le lendemain matin, alors que le givre faisait scintiller l'herbe et que la fumée de la maison s'élevait bien droite dans le petit jour, Gloria a aperçu depuis l'étage sa fille aînée qui traversait la pelouse, recroquevillée dans sa veste en jean, le nez dans son écharpe, et le sac sur l'épaule, partant pour l'arrêt du car et poussant le portail avec l'épaule afin de ne pas avoir à sortir ses mains de ses manches. Gloria s'est sentie si accablée qu'elle s'est précipitée dans l'escalier, elle est sortie sur le porche, l'a appelée, et comme Stella ne bronchait pas et continuait son chemin, elle a couru pour la rattraper en traînant derrière elle Loulou qui terminait sa gaufre, elle a dit, « Je t'accompagne », Stella a secoué la tête, et Loulou s'est chargée d'insister, « Viens Stella, viens. » Stella a regardé sa petite sœur frigorifiée qui sautillait sur place en claquant des dents dans l'herbe froide.

« Pourquoi on tremble quand on a froid ? » a demandé Loulou.

Elles ont fini par grimper toutes trois dans la voiture et partir pour l'école.

Assise à l'arrière, dans la soufflerie bruyante et malodorante du chauffage, Loulou a dit :

« Cette nuit j'ai revu la dame orange. »

Stella, assise à l'avant, s'est retournée vers sa petite sœur.

« Comment ça ?

— Je me suis levée pour aller faire pipi, j'ai pas voulu réveiller maman, alors je suis allée aux toilettes toute seule, et en revenant elle était dans le couloir.

— Tu avais allumé la lumière ?

— Il y avait ma veilleuse et j'avais pris ma lampe short.

— Ta lampe torche.

— Ma lampe torche.

— Et qu'est-ce qu'elle a fait ?

— Elle est venue vers moi, elle avait ses cheveux jaunes bizarres, et elle a tendu les bras et elle disait des choses mais je sais pas quoi, je comprenais rien.

— Tu avais peur ?

— Non parce qu'elle m'a jamais fait mal.

— Tu la vois souvent ? a demandé Gloria en observant le visage de sa fille dans le rétroviseur.

— Des fois.

— Parfois, a rectifié Gloria.

— Parfois. »

Stella s'est tournée vers sa mère et elle a grondé entre ses dents :

« Et toi, ça ne t'inquiète pas ?

— Quoi ?

— Ça ne t'inquiète pas qu'elle voie des fantômes orange ?

— Tiens, tu me reparles, pour le plaisir de m'engueuler ? »

Stella a fixé sa mère avec des yeux pleins de stupéfaction et de colère, tout en disant à Loulou :

« La prochaine fois que tu la vois tu me réveilles.

— OK, c'est noté », a répondu Loulou en regardant dehors dans le vague.

Puis, au bout d'un moment, elle a précisé :

« Sinon on peut mettre des toilettes dans ma chambre comme ça je réveille plus personne et je vois plus la dame orange. »

Gloria a souri. Stella s'est crispée.

Après avoir déposé les filles, Gloria effectue des tours et des détours avant de rentrer à la maison. Stella a été si désagréable qu'il lui faut quelques kilomètres pour se calmer. Stella et son mutisme accusateur, Stella et son ironie, Stella et son hostilité, comment faire avec cette attitude, elle aimerait lui crier, Tout cela je le fais pour toi, je l'ai fait pour toi, pour vous, tu crois que je suis quel genre de mère, bordel de merde ? Tu me prends pour qui ? et Gloria roule dans la campagne – oh mon Dieu l'automne en Alsace lui ratiboise le moral, il n'y a rien à comprendre là-dedans, c'est la couleur des arbres qui s'apprêtent à entrer dans l'hiver, Gloria déteste l'hiver, elle se demande depuis toujours comment survivre à l'hiver et, quand le mois de mars revient avec ses caprices, elle renaît, ce n'est pas normal de vivre l'hiver chaque année comme une petite mort, et puis cet hiver dans l'Est n'aura rien à voir avec les hivers du Sud, elle le redoute, elle s'y prépare, elle sent qu'il ne va bientôt lui rester de l'été passé au bord du lac qu'un éclat aveuglant, une vague persistance rétinienne qui gêne le regard, Gloria met la radio le plus fort possible pour ne pas se focaliser sur le caractère si fugitif de ce bel été seule avec ses filles, mais on n'entend rien, ça capte mal, ça change à chaque virage, elle se retrouve avec des fréquences en allemand puis de nouveau en français, elle s'en fout, même les grésillements elle les veut à 80 décibels. Elle se rend compte que la lumière est exceptionnelle, rasante au milieu des vignes givrées, alors elle se dit, En fait je ne me sens pas si mal, tout est normal, il n'y a plus rien à craindre, c'est comme de se réveiller un matin en constatant que la plaie qu'on avait sur la jambe a cicatrisé, ça prend une allure moins atroce, moins blessure de tranchée, la couleur vire du violet au bleu au vert au jaune, ça rassure, ça lance moins. Pourtant il y a beaucoup à craindre, lui rappelle la petite voix angoissée qui est cachée dans une minuscule case de son cerveau, ce n'est pas parce que l'on fuit un endroit sans laisser d'adresse que tout ce qui s'y est passé disparaît du même coup.

Gloria n'écoute pas la petite voix, pour une fois elle parvient à la laisser parler sans lui accorder toute son attention, elle est donc vraiment surprise quand elle arrive devant le chemin qui mène à la maison, et qu'elle freine pour laisser sortir un taxi qui, à n'en pas douter, vient de déposer quelqu'un dans la cour gravillonnée au bout de l'allée. La berline gris métallisé dérape légèrement. Le chauffeur veut montrer qu'il sait passer les vitesses sans débrayer. Il lui adresse un signe de tête et reprend la route de Kayserheim. On a les plaisirs qu'on peut, se dit fugitivement Gloria.

Puis, la seconde d'après, elle est prise d'effroi. Les deux mains sur le volant, les sourcils froncés, les yeux écarquillés et le cœur cendreux.

Elle se demande pourquoi il est venu en taxi. Comme si quelque chose allait se dessiner si elle pouvait répondre à cette question. Pourquoi diable est-il venu en taxi ? Il y a quelque chose à comprendre derrière ce choix. Mais concentration et stupeur sont difficilement conciliables. Qu'a-t-il donc fait de sa voiture de location immatriculée en Seine-Maritime ?

Le cœur de Gloria se met à battre la chamade – rappelez-vous que la chamade est le roulement de tambour qui avertit, lors d'une bataille, qu'on aimerait ramasser ses morts, n'est-ce pas une expression parfaite ? Gloria devine que le moment est crucial (à cause de la chamade et de son cœur cendreux), elle se dit, Oh je ne me suis pas habillée comme il fallait ce matin, elle porte un jean qu'elle aurait dû mettre au sale au moins une semaine plus tôt, un pull plein de bouloches et l'affreuse doudoune bleue qui ressemble à un sac de couchage, elle se dit, Et pourquoi personne ne m'a prévenue au réveil que la journée serait importante et que je devais l'aborder avec la pompe qui convenait, et Gloria, son moteur en marche, prête à redémarrer sur la route, pot d'échappement suintant et monoxyde de carbone vertical dans l'air limpide, Gloria se dit, Non, je ne veux pas de lui maintenant, qui va aller chercher Loulou ? Et qui va rassurer Stella ? Non non non, je ne veux pas de lui ici, je ne veux pas qu'il soit là quand elles reviendront.

32

Ça allait mieux. Du coup Samuel rentrait plus tôt de l'atelier le soir. Ce changement aurait pu agacer ou culpabiliser Gloria – la conviction que sa propre mauvaise humeur éloignait Samuel du foyer. Mais elle avait décidé de faire taire la petite voix rangée dans sa tête.

Aucun des deux n'avait cessé de boire plus que de raison, Samuel lui avait dit que les couples qui boivent ensemble durent longtemps, il n'avait pas dit longtemps, il avait dit, « Toujours. »

Gloria se rendait compte régulièrement que la mémoire lui faisait défaut – à la fin d'une dispute elle ne savait plus comment le feu avait été mis aux poudres, alors qu'il est fondamental, elle en était persuadée, de savoir comment se déploie et rayonne la rancune qu'on cultive. D'ailleurs pourquoi tenait-elle tant à se faire détester par Samuel ? Pour pouvoir se dire après : Et voilà, j'ai un mari qui me déteste ?

Mais en réalité ils ne se disputaient pas tant que ça. Samuel lâchait très vite. Samuel, pendant un moment, se justifiait, puis comprenant que se justifier c'est s'accuser, il interrompait net toute discussion, Samuel apaisait Gloria, la prenait dans ses bras quand il pouvait l'approcher, la maîtrisait comme on maîtrise un animal rétif en chuchotant, ou bien il sortait, attendait que la zone de basse pression se soit dissipée, rejoignait un pote, il n'avait qu'une heure ou deux à patienter, lorsqu'il réapparaissait la situation s'était éclaircie, la zone cyclonique s'était éloignée.

C'est quand ces périodes de confusion atteignaient leur paroxysme qu'elle redevenait brusquement paisible. Elle tirait sur les rênes. Elle se remettait à courir sur le bord de mer pendant que Stella était à l'école. Ou alors elle regardait les annonces immobilières. À cause de Pietro. Pietro adorait les annonces immobilières. Il avait adopté la manie de croire que l'endroit où on habite (ou souhaiterait habiter) doit nécessairement être une expression de notre moi profond. Lorsqu'elle passait le voir, il lui montrait ce qu'il avait sélectionné, il argumentait, Ça c'est tout à fait pour vous. Puis il ajoutait, De toute façon moi j'ai pas les fonds.

Sourire de chat.

« Allez, je t'emmène déjeuner, beauté. »

Si elle avait fait la liste de ce qu'elle effectuait en une journée, c'eût pu être légèrement déprimant tellement il ne se passait rien. Mais, dans ses phases étales, elle savait se contenter de : « Une chose nouvelle chaque jour et plus de bons moments que de mauvais. »

La chose nouvelle chaque jour était facile à dénicher : un plat inédit au restaurant qui vient d'ouvrir sur le front de mer, un livre ou un film. Elle savait que cet arrangement était plus ou moins une tricherie ; ce qui aurait été vraiment nouveau c'eût été d'inviter à la maison le SDF qui campait à côté du supermarché, se perdre dans l'arrière-pays, emmener Stella explorer clandestinement les catacombes de Paris ou de Rome, ou plus simplement la conduire à un spectacle – elle ne trouvait jamais le temps de le faire –, explorer l'île Sainte-Marguerite, celle du Masque de fer, pile-poil face à Vallenargues, acheter des billets pour le Mexique, installer des clapiers sur le toit de l'immeuble, marcher sur la corniche dudit toit, repeindre l'appartement en bleu, ou seulement certains murs, se faire tatouer sur les mollets des mots sans queue ni tête, remplir la baignoire d'eau pétillante et s'y plonger, sélectionner avec Stella des carottes ou des fanes de radis puis les lancer aux ânes qui vivent dans les douves asséchées de la citadelle, leur donner des noms (aux ânes) toi c'est Paulo, toi c'est Johnny, toi c'est Pamela, ne pas respirer pendant une minute et vingt secondes debout sur les remparts, rester allongée les yeux fermés sur la plage jusqu'à ce que le soleil se couche mais ne pas s'endormir, surtout ne pas s'endormir, écouter les poux des sables et toutes les petites bestioles qui pensent que si vous restez assez longtemps immobile alors vous êtes un minéral, et aussi les rats, oui désolée, ils débarquent toujours au moment du coucher du soleil, ils couinent, mais de toute façon ni Gloria ni Stella n'avaient peur des rats qui galopent sur le sable.

Quant à l'évaluation des bons et des mauvais moments (et de tous ceux qui étaient neutres), cela dépendait totalement de son humeur. Elle pouvait par exemple considérer que le caractère farouche de Stella (elle vous arrachait un objet des mains, levait les yeux au ciel quand vous lui parliez, boudait un week-end entier, s'adressait à vous comme si vous étiez l'un de ses domestiques, grimaçait comme une adolescente (langue sortie et gencives visibles)) était insupportable, ou envisager, dès que la période cyclonique passait, que la relative rareté des attentions, câlins, déclarations d'amour dont Stella gratifiait ses parents était le signe de son indéfectible sincérité. Elle se félicitait de l'autonomie de sa fille puis s'inquiétait de la voir refuser d'être accompagnée à son cours de judo. Stella avait maintenant huit ans. Si elle était loyale, résolue, généreuse, elle était aussi une fillette silencieuse, rancunière, colérique, un brin suffisante, qui aimait lire des livres de Stephen King, regardait le catch et le rugby à la télé, apprenait l'anglais toute seule en écoutant son mp3 et en recopiant dans un cahier les paroles des chansons qu'elle aimait – du rap côte Est –, elle se savait plus intelligente que la plupart de ses camarades, ce qu'elle n'avait d'abord pas manqué de leur rappeler régulièrement, méthode inopérante à laquelle elle avait fini par renoncer pour s'acoquiner avec les filles et les garçons les plus populaires de l'école.

Alors quand Gloria s'aperçut qu'elle attendait un nouvel enfant, elle craignit, mais elle ne le formula pas aussi clairement, que celui-ci ne fût aussi « délicat » à élever que Stella.

La première personne à qui elle s'en ouvrit fut celle, dans son entourage, qui lui semblait de meilleur conseil : Pietro Santini.

Samuel serait évidemment enthousiaste et voudrait fêter l'événement ; Tonton Gio serait fataliste, il dirait, « Si c'est ce que tu veux. »

(Je ne peux m'empêcher de remarquer que Gloria n'a pas d'amies. Toutes les tentatives de rapprochement des mères à la sortie de l'école ont échoué. Je vous laisse réfléchir à la question.)

Pietro se leva pour la prendre dans ses bras (ils étaient dans son bureau) et il lui dit finement (alors que lui-même n'avait pas d'enfant) :

« Les enfants sont tous différents. D'ailleurs la place qu'ils occupent dans la fratrie est fondamentale. Chez nous on dit que l'aîné est plus grand, plus fort mais plus difficile que les autres – peut-être parce qu'il a eu sa mère pour lui tout seul pendant quelque temps et qu'il exercera toujours et à jamais un ascendant sur les portées suivantes. »

Il se rassit et ajouta :

« Ne t'inquiète pas. Je suis sûr que ce bébé sera charmant. »

Puis, comme après une seconde de réflexion :

« De toute manière il n'aura pas tellement le choix. »

Et Gloria l'avait cru puisqu'il se targuait de bien connaître, en tant que Corse et en tant qu'avocat, ses frères humains – cela dit, Tonton Gio et Samuel ne doutaient pas un seul instant d'être eux aussi de grands experts de l'âme humaine. Il n'y avait que Gloria finalement pour douter de tout.

III

Faire autrement

33

Il a commencé en étant fort aimable, déformation professionnelle. Elle s'est décidée à sortir de la voiture et elle l'a vu en train de se balancer dans le fauteuil à bascule sur le porche. Il porte une veste de velours bordeaux, un pantalon en tweed un peu court et des chaussettes à losanges. Ce doit être l'idée qu'il se fait d'une tenue pour un bref séjour en Alsace. Un attaché-case épais comme la mallette d'un médecin de province est à ses pieds. Quand il aperçoit Gloria, il cesse de se balancer, il écarquille les yeux, « Quel bonheur de te trouver là », il se lève pour l'accueillir, bras grands ouverts, comme si on était chez lui et non chez elle.

« Ma belle, je suis tellement content de te revoir. »

Elle dit, « Tu aurais pu prévenir. »

Il ajuste, « Tu étais impossible à joindre. Tu es une impardonnable cachottière. »

Alors elle gravit les marches, se laisse prendre dans les bras, morceau de bois mort, puis elle se reprend, lui tapote le dos et l'invite à entrer dans la maison. Elle se met à s'activer, frotte ses mains l'une contre l'autre, sourit, il lui faut un plan – elle sait faire semblant, elle est une femme –, elle allume le plafonnier, il fait sombre dans cette cuisine, puis elle l'éteint, ce n'est pas nécessaire d'y voir trop clair, elle fait chauffer de l'eau dans la bouilloire pour un thé vert – hommage revendicatif à Tonton Gio – et elle lui demande s'il est venu en train et si son train n'avait pas de retard.

Il s'assoit à la table de la cuisine et il répond, « Ma belle, pas de ça entre nous. On ne parle ni de la météo ni des incidents de voyageur sur les voies. On a des choses plus importantes à se dire. »

Elle reste le dos tourné à attendre que l'eau atteigne quelque chose comme soixante-dix degrés, c'est agréable d'évaluer la température de l'eau, comme ça à l'œil, ça lui fait gagner un peu de temps, elle pivote finalement vers lui, elle s'adosse au vaisselier, « Et tu es venu pour quelle raison, Pietro ? »

Il écarte les mains comme s'il agitait un drapeau blanc.

« Oh ma chère, ma très chère Gloria, sois tranquille, personne ne sait que je suis ici, et personne ne sait ce que je sais. »

Et c'est à cause de cette phrase qu'elle est allée au bout de ce qu'il ne fallait pas faire. Est-il vraiment supportable que quelqu'un vous dise, « Je sais qui tu es bien mieux que toi tu ne le sais. Je sais tout de toi » ?

34

Tonton Gio disait, « Rien n'arrive en un jour. »

Il disait, « Tâche de ne jamais te comporter comme la grenouille de la fable. Si on la plonge dans l'eau bouillante, elle se sauve ; si l'eau se réchauffe par paliers, elle ne se rend compte de rien. Ce n'est que lorsqu'elle commence à brûler vive qu'elle s'aperçoit qu'il est trop tard. »

Il disait, « Les gens peuvent nous trouver un peu toqués. Mais, au moins, nous, on ne se fait jamais entourlouper. »

Il disait, « Ne fais confiance à personne. Ton père était bien trop confiant. »

Il disait, « Prends garde à ta fille. Elle est une proie et il y a un nombre faramineux de prédateurs. »

Il disait, « Et surtout, ne pense pas un seul instant que Samuel t'aidera ni que Pietro Santini pourra t'être secourable de quelque façon que ce soit. »

35

Ce n'était pas si compliqué, il a parlé de sa voiture, elle était au garage, un accrochage idiot, alors il en avait loué une mais il n'aimait pas ce genre d'engin, trop mou, trop impersonnel, « On croirait un petit déjeuner continental », a-t-il dit. Il est satisfait de sa formule. Il est souvent satisfait de ses formules. Et comme il voulait travailler sur des dossiers, il a donc pris le train. C'est bien le train.

Elle a pensé que finalement ils allaient parler de météo et des dysfonctionnements du réseau ferroviaire, mais il a changé de sujet.

Il a dit, « Je sais bien que c'était un accident. »

Elle a souri, attentive, désarmante.

Alors il s'est mis à parler de Samuel et de l'incendie et des filles. Il en savait beaucoup, mais il était arrogant, il était bien trop arrogant pour comprendre que c'était elle qui était en train de le mener par le bout du nez. L'arrogance s'apparente souvent à la bêtise : il n'y a personne de plus vulnérable que celui qui n'imagine pas plus fin, plus malin, plus intelligent que lui. Son angle mort crée une forme d'engourdissement cognitif. Il se retrouve dans la situation du vaniteux qui s'attend en permanence à un compliment comme une otarie à un anchois.

Et là elle est vraiment en train de le mener par le bout du nez avec son thé vert, son hospitalité et sa patience. Elle le regarde en souriant et elle le laisse parler. Elle s'est assise devant lui à la table de la cuisine carrelée de sa grand-mère, table en chêne et joug faisant office de poutre au-dessus du poêle, après avoir dit, « Continue continue, tu veux une part de gâteau au yaourt, on a préparé un gâteau au yaourt hier avec Loulou, c'est à peu près tout ce qu'elle veut bien ingurgiter en ce moment », elle a sorti le plat du four qui lui sert de garde-manger le temps que les gâteaux soient dévorés, et elle s'est dit, Ouf j'ai mis du mascara, elle déteste partir en guerre sans maquillage, elle s'est assise face à lui, donc, elle a d'abord placé ses mains sous ses aisselles, mais elle s'est aperçue que la posture faisait caparaçon, alors elle a dit, « Je ne sais pas pourquoi j'ai les doigts tellement froids », elle s'est frotté les paumes l'une contre l'autre avant de les poser en conque autour de la théière, « Tu n'as pas trop froid tu es sûr ? Ces vieilles maisons ne sont pas faciles à chauffer. » « Je suis très bien, a-t-il dit, mais j'ai besoin d'y voir plus clair. » Elle est allée rallumer le plafonnier. Il n'a pas relevé le sarcasme. Il a dit que Tonton Gio était mort. Elle a dit qu'elle le savait. Il a dit que oui évidemment elle le savait vu qu'elle avait eu la brillante idée de lui envoyer les flics, ils étaient venus lui rendre une petite visite à son cabinet à Nice. C'est gênant, ces choses-là, des flics qui débarquent sans prévenir chez un avocat, demandent à ce qu'il écourte son rendez-vous et, comme la collaboratrice à queue-de-cheval, boucles d'oreilles scintillantes et fausses Louboutin rechigne, ils passent le barrage et poussent la porte du bureau et disent, Il faut qu'on vous parle. C'est tellement embarrassant. Heureusement que le client qui était en entretien avec lui le connaît depuis longtemps et qu'il a simplement laissé la place aux deux flics en se levant, Je repasse vendredi, maître, je vois ça avec votre collaboratrice. C'est tellement embarrassant, si tu savais. Et tout ça pour lui annoncer que Lucca Giovannangeli était mort et qu'il lui fallait justifier sa présence à Fontvieille le jour du décès du vieux. Et comment pouvait-il leur répondre ? Que pouvait-il bien leur dire à ce stade de la conversation ? Il ne savait plus à qui se fier – et pour quelqu'un qui s'était longtemps fait fort de ne laisser personne lui en compter, c'était presque comique, ou pathétique, comme tu voudras, et tout ça à cause d'elle la mignonne Gloria Marcaggi qui ne trouvait rien de mieux à faire que de lancer les flics à ses trousses, comment aurait-il pu imaginer qu'on en arriverait là ? Ça faisait un moment qu'il avait compris comment elle avait goupillé son affaire, et il avait fini par conclure qu'il s'agissait d'un accident, un accident tragique certes, mais un accident, alors vu que Gloria avait disparu avec ses filles sans laisser de traces, c'était qu'elle avait pris peur, elle s'était mis martel en tête (il a vraiment dit « martel en tête », elle a imaginé un marteau qui frappait avec régularité sa fontanelle), il s'était dit que Tonton Gio devait savoir où elle se terrait, s'il y avait bien une personne à qui elle avait pu se confier, c'était Tonton Gio n'est-ce pas, et donc il était allé voir le vieux, mais qu'elle se rassure il n'avait pas déclaré la disparition de Gloria aux autorités compétentes, il voulait que ces choses-là se règlent entre eux, à la loyale, comme au Village.

Quand il a parlé du Village, Gloria n'a pu s'empêcher de lever les yeux au ciel, elle n'avait jamais mis les pieds en Corse, elle entendait depuis son enfance parler du village perché en Castagniccia comme d'un lieu hors du temps, hors des lois, hors du droit, ça la fatiguait toute cette mythologie de bazar, Pascal Paoli, Colomba et Yvan Colonna, mais Santini l'a gentiment remise à sa place, il lui a dit, « Ça te fatigue peut-être, mais je te rappelle que tu as pris le maquis quand ça a commencé à chauffer pour toi », alors elle s'est sentie mal à l'aise, peut-être un peu honteuse, elle a dit que ce serait bien de sortir, il faisait moins froid, et c'était moins humide à l'extérieur que dans la maison, c'est le problème des vieilles pierres, l'été on est au frais, mais là on est incommodé, ils n'avaient qu'à prendre la théière, et leurs tasses, Tu veux une autre part du gâteau de Loulou ? on va se mettre dehors, sur le porche, on sera bien pour bavarder, ça me fait plaisir que tu sois venu, au début j'étais surprise, mais ça me fait plaisir que tu sois venu, et les filles seront contentes de te voir. « Je ne sais pas si je resterai jusqu'au retour des filles », a commencé Santini. « Je t'interdis d'aller à l'hôtel », l'a coupé Gloria, son plateau dans les mains, ouvrant la porte avec son pied pour les installer dehors face à l'automne débutant, son odeur de cèpes, ses couleurs spectaculaires, dans cette atmosphère si fraîche et encore si délicieuse, si gourmande, assieds-toi assieds-toi, on reparlera de tout ça plus tard, je te raccompagnerai à la gare de toute façon, mais pour le moment tu restes avec nous, tu restes avec moi, et elle a balayé les problèmes d'intendance d'une main après avoir posé son plateau sur la table basse. Donc dis-moi ce qui s'est passé pour Tonton Gio, parce que moi j'ai perdu les pédales, Pietro, quand j'ai su qu'il était mort d'une manière aussi alambiquée, c'est normal, tu me comprends, je me suis inquiétée, j'ai mouliné. Et Santini, dans son tweed et ses chaussettes à losanges, a souri, chat du Cheshire, il l'a regardée, Tu ne me la fais pas à moi, ma chérie, mais il n'a rien dit et il s'est assis à côté d'elle, il a posé ses pieds chaussés de Paraboot sur la rambarde, elle l'a mis en garde, « Attention, le bois est un peu vermoulu. » Docile il a reposé ses pieds sur le sol et il l'a regardée, « Tu es tellement jolie, Gloria, et je crois que, au fond, tu es tellement gentille. »

Cette remarque aurait pu la faire pleurer – comme lorsque vous vous tenez droite malgré votre chagrin et qu'un collègue de bureau vous demande gentiment, « Ça va ? » et que vous ouvrez les vannes et vous mettez à sangloter au plus grand désarroi du collègue en question.

Et puis c'était bizarre. Elle avait envie de tendre la main vers Santini et de toucher son visage ou plutôt ses cheveux gris parfaits, ou le velours de son veston. Pour être sûre de quelque chose. C'était rassurant de le voir là. Familier. On regarde son propre reflet dans le miroir et on est tellement familier de son visage que tout nous semble couler de source, c'est pareil quand on est en couple – en duo – ou quand on connaît quelqu'un si bien qu'on le voit seulement en tant qu'extension de son propre corps. Mais quelque chose ici échappait à Gloria. C'était comme de tenter d'attraper le tout petit fragment de coquille d'œuf dans la préparation du gâteau, dans le blanc transparent et visqueux et sournois de l'œuf brisé. Le fragment se soustrait. Il vous nargue. Vous approchez tout doucement votre doigt et hop il est parti.

Elle a repris pied, on était le matin, il fallait régler cette affaire dans la journée. Elle s'est demandé, Va-t-il pleuvoir ? La pluie tombait dans cette région comme un merveilleux rideau indéfiniment multiplié. On avait presque l'impression qu'elle tombait au ralenti selon un rythme immuable, une régularité suisse. Regarde comme les gouttes d'eau sur ton parapluie noir ressemblent à des diamants aux angles polis. On dirait presque des billes de mercure.

Mais le ciel était limpide alors elle a eu une autre idée.

« Reste au moins jusqu'au déjeuner, je te préparerai quelque chose et s'il fait beau on mangera près du lac, c'est un très bel endroit, très calme, très bucolique, tu vas adorer, c'est juste à côté, on peut y aller à pied par le petit sentier. » Elle lui a souri avec tendresse – elle n'avait presque pas besoin de se forcer –, il faut parfois savoir improviser.

36

Gloria avait attendu Samuel toute la journée. Elle avait espéré qu'il rentrerait tôt. Elle lui avait laissé un message, « J'ai quelque chose à t'annoncer. » Elle pensait qu'il allait la rappeler mais en fait non, elle était restée toute seule avec Stella, on était samedi, Samuel était à l'atelier, ou en clientèle comme il disait, le samedi il s'arrangeait pour ne pas revenir trop tard, en général en fin d'après-midi, et il emmenait ses deux princesses au restaurant indien du bout de la rue, ils prenaient du poulet tandoori, la passion de Stella, avec du riz aux pois chiches, puis ils allaient ensemble sur le bord de mer se payer une glace au citron ou bien ils retournaient à la maison et regardaient des séries policières un peu mièvres vautrés sur le canapé, mais ce samedi-là il n'avait pas donné de nouvelles, elles avaient donc fini les devoirs, elles étaient passées faire une bise à Tonton Gio qui avait mis en marche sa nouvelle acquisition pour le plaisir de Stella (une canne d'ébène dont le pommeau dissimulait un orchestre de huit chimpanzés habillés en Tyroliens qui jouaient

Oh When the Saints en canon), puis elles étaient allées faire quelques courses. Le temps se traînait, et quand le temps se traînait, Gloria empruntait sa mauvaise pente, alors tandis que Stella tentait de remplir leur chariot de biscuits explosifs – c'était une expression de Tonton Gio, il disait que les gâteaux industriels étaient de vraies usines chimiques –, Gloria avait acheté sans s'en rendre compte, oui sans s'en rendre compte, une bouteille de gin, parce que son bras, au moment où elle traversait le rayon des spiritueux, son bras disais-je, alors que Stella, tenant d'une main le chariot comme les enfants s'agrippent à la poussette de leur cadet, expliquait que sa copine Bouchra avait un pull à paillettes que sa grand-mère lui avait tricoté, « Comment on tricote des paillettes, tu m'apprendras maman ? », son bras, répété-je, avait subi une détente spectaculaire vers l'étagère des alcools blancs et hop elle avait harponné une bouteille de gin (l'image qui lui était venue après coup, c'est la langue d'un caméléon qui chope une mouche), il faut que je dynamite mon intranquillité, il faut que je me sente réconciliée, oui oui je t'écoute ma doucette, oui oui j'apprendrai à tricoter des pulls à paillettes pour t'apprendre à mon tour, et Gloria n'allait pas bien ce jour-là, personne n'aurait pu vous dire le contraire, et quand on ne va pas bien, dois-je vraiment vous le rappeler, on pare au plus pressé, on colmate, on rustine.

Et elle se dit, J'aimerais tellement qu'on me voie sous un meilleur jour, j'aimerais tellement que l'histoire soit différente. Tout cela dans la file d'attente à la caisse de la supérette avec Stella qui examine les bonbons exposés à sa hauteur, tout cela avec l'impression que le monde va s'écrouler, et cette certitude qu'on l'épie, qu'on l'observe, qu'on la filme, Je voudrais tellement que vous me voyiez sous un meilleur jour, je ne suis pas celle que vous croyez, elle tourne en rond, elle songe au réconfort du gin, au réconfort d'une baignade, elle se dit, Et il est où encore ce con ? elle parle de Samuel, elle ne pense évidemment pas qu'il est un con, mais ça lui fait du bien, c'est comme de jurer très fort quand on se blesse, ça soulage, Putain de bordel de merde, crient-ils tous, c'est merveilleusement efficace, Tonton Gio appelle ça « tempêter », il dit, « Ta mère, elle tempêtait tout le temps », du coup, elle se surprend parfois à visualiser sa mère (ou ce qu'elle est capable de visualiser de cette femme qui maintenant doit être une femme d'âge mûr (et là elle visualise une pêche un peu blette) mais qui reste dans son esprit celle que l'on voit sur la photo que son père avait toujours gardée dans un cadre sur la commode du cabanon bleu, « On ne va tout de même pas faire comme si elle n'avait jamais existé », il mettait maladroitement en pratique les règles qu'on lui avait enjoint d'appliquer, « Il ne faut pas que ta petite ait l'impression que sa mère est un fantôme, il faut qu'elle la vi-sua-lise », et cette photo pas très bien cadrée et un peu floue c'est Nadine Demongeot devant la maison de Kayserheim avec Gloria dans les bras, minuscule dans sa barboteuse, sans cheveux et sans vrai visage, et sa mère a juste l'air surprise, elle regarde celui qui prend la photo (Roberto), elle tient délicatement ou peureusement la tête de son bébé pour que la nuque du nouveau-né ne ploie pas, elle est jolie comme nos mères le sont toujours quand elles étaient très jeunes, elle n'a pas l'air indifférente ni hostile ni agacée, elle a juste l'air surprise), Gloria visualise donc ce qu'elle sait avoir été sa mère et elle y ajoute un nuage gris foncé au-dessus de la tête avec des yeux qui jamais ne cillent et des éclairs et des bourrasques qui agitent ses cheveux. Et là c'est bon, elle sait ce que c'est que « tempêter ».

Elle se dit, dans la file d'attente mal choisie – mauvaise évaluation, hasard ou démon des files d'attente –, qu'elle a le même âge que sa mère a pour toujours.

Il y a bien une femme qui a vieilli quelque part, loin d'ici sans doute, qui a vécu et vieilli, mais cette femme n'est pas sa mère. Il s'agit d'une femme inconnue et inconnaissable, nécessairement inconnaissable, une femme qui la regarde depuis la fenêtre d'une maison en feu. La maison brûle mais la pièce où la femme est retranchée ne brûle pas. La femme plisse les yeux comme pour tenter de lire au loin un panneau indicateur ou d'identifier un visage dans la foule. La femme plisse les yeux. Elle ne reconnaît pas Gloria tout comme celle-ci ne peut pas la reconnaître.

Gloria a le regard vide et une petite fille accrochée à sa main, prolongement du bras droit avec organisme vivant et quasi indépendant à son extrémité, elle a un air si perdu que le vieux monsieur derrière elle lui tapote l'épaule pour qu'elle s'anime et reprenne le cours de sa vie – déposer ses achats, enjoindre à Stella de ne pas monter sur la barrière en aluminium qui sépare une file d'une autre, attendre, spécifier qu'elle n'a pas la carte du magasin, payer, emballer, partir.

Gloria est rentrée à la maison, elle a mis deux gouttes d'huile essentielle de mandarine rouge sur un mouchoir selon la prescription de Tonton Gio, et elle a tenu le mouchoir sous son nez en préparant d'une main un goûter pour Stella, puis elle a ajouté deux gouttes et encore deux gouttes, Stella a demandé, « Tu es enrhumée maman ? », l'appartement a fini par sentir aussi fort qu'un champ de mandariniers, Gloria a installé Stella devant des dessins animés et la petite a disparu, gobée par la télé, Gloria est restée un moment à contempler la porte d'entrée en s'arrachant les petites peaux autour de l'ongle du pouce, ensuite elle est allée sur le balcon et elle a imaginé la vie de Samuel sans elle, il ne serait pas dans un atelier à bricoler des objets à revendre, il serait ailleurs, avec une grande blonde, elle le voyait au soleil et nulle part ailleurs, il serait au Mexique, il traficoterait, il se mettrait en danger et s'en sortirait toujours, il serait rayonnant, il serait sans elle à l'autre bout du monde et il serait rayonnant, ou bien alors il serait mort, personne n'attendrait d'enfant de lui, puis elle s'est demandé où elle en serait si elle n'avait pas rencontré Samuel, à quoi diable ressemblerait le monde sans Samuel, elle a senti la nausée l'envahir, alors elle s'est dit, Ce n'est pas grave si je bois, je vomirai, elle est retournée dans la cuisine, a dévissé le bouchon de la bouteille de gin, elle est ressortie dehors avec un joli verre à volutes bleues, Pas du tout un verre pour du gin, aurait dit Samuel, elle s'est assise dans le fauteuil à bascule qui pouvait tant se pencher en arrière qu'elle avait l'impression que ses cheveux allaient toucher le sol, ce n'était peut-être pas une bonne idée de s'y installer quand on était enceinte, nauséeuse et prête à se prendre une mine, mais c'est comme ça, on ne fait pas toujours ce qui est le mieux pour soi, ça se saurait. L'air était immobile, très frais, n'étions-nous pas en janvier, le ciel était encore clair mais la nuit tomberait bientôt, et Samuel n'était toujours pas rentré, on entendait au loin les vagues claquer mollement sur la digue, et les terribles mouettes qui dévoraient tout sur leur passage, qui venaient sur le balcon l'engueuler et la harceler, les mouettes, ces carnassières, elle s'est dit, Mais qu'est-ce qu'il m'arrive ? Puis elle a de nouveau pensé, De toute façon je vais vomir. Elle a imaginé la petite fille qu'elle attendait, elle était sûre que c'était une petite fille, elle savait qu'elle ne serait jamais capable de fabriquer autre chose que des petites filles, c'était évident, et même si celle-ci n'était pour l'instant qu'un agrégat de cellules qui flottaient dans son cosmos, Gloria savait que ce bouillonnement, dans son évolution qui s'égrenait à la seconde, différent entre le moment où j'amorce cette phrase et le moment même où je la finis (ou imagine la finir), ce bouillonnement ne saurait devenir autre chose qu'une petite fille.

Elle s'est tournée vers le salon pour jeter un coup d'œil à Stella à travers la baie vitrée : elle était immobile sur le canapé, un coussin sur le ventre, ç'aurait été presque impossible de l'arracher à un programme aussi parfaitement divertissant. Ou ç'aurait été cruel. Gloria s'est remémoré ces instants fugaces où elle comprenait, enfant, que son baigneur était en plastique dur et froid, qu'il n'était pas un vrai bébé, parce que sa mère le lui disait n'est-ce pas, elle lui disait, Pourquoi tu trimballes partout ce truc dur et froid ?, et ce désenchantement s'était confirmé dans la conviction accablante qu'elle ne pourrait jamais ni entrer ni se faire une place dans sa propre maison de poupée. Elle aurait tellement aimé s'asseoir dans le fauteuil anglais recouvert de velours rouge face au feu délicatement peint au fond de la cheminée qui mesurait deux centimètres de hauteur. Elle ne pourrait pas non plus prendre un bain dans cette minuscule baignoire à pattes de lion, ni monter cet escalier en allumettes.

Pourquoi vouloir à tout prix arracher les petits enfants à ce genre de charme ?

Lui reviennent à l'esprit ces moments grisants où elle courait à perdre haleine, persuadée d'aller bien plus vite que n'importe qui, elle courait dans la rue avec ces gamines dont le nom lui échappe, Nathalie ? Stéphanie ? Sophie ? c'était avant le départ de sa mère, elles couraient sur le trottoir entre l'école et l'appartement de Nathalie-Stéphanie-Sophie avec leurs mères respectives toujours à la traîne, chargées des cartables et des blousons, leurs mères obligées de converser même si elles n'en avaient aucune envie, faisant bonne figure et considérant que ces dialogues insignifiants avec des femmes que vous n'appréciez pas spécialement font partie de la maternité, et elles couraient, les petites, elles couraient si vite qu'elles allaient peut-être tomber, ne pas réussir à prendre le virage, parce que à six ans, on s'engage toujours très mal dans les virages, on est forcé de se retenir à un arbre pour aborder avec succès un tournant, ou alors on se cogne contre le mur, on rebondit, notre vitesse est mal calculée, ça se calcule comment la vitesse, si ce n'est avec un peu d'expérience, mais à six ans qui a de l'expérience ? et les petites riaient en courant, Gloria était heureuse, elle courait si vite que le soleil ne pouvait pas la coincer et lui infliger d'insolation, c'est ça ce qu'il fallait faire, courir plus vite que le soleil.

Bon bon bon.

Et il revient quand Samuel ?

Il faut que Stella prenne son bain, il faut que je réussisse à m'extraire de mon fauteuil et que je lui dise, C'est le dernier, et elle ne me regardera pas mais elle dira, D'accord. J'ai confiance en elle, Stella est une petite fille raisonnable et loyale, elle éteint la télé à la fin du dessin animé que j'ai désigné comme étant le dernier, et, à partir de là, tout est en automatique, j'emmène Stella dans la salle de bains, je continue à me servir à boire, et je vais chavirer, et j'abandonne, alors je rappelle Samuel et il ne répond toujours pas et je rappelle et je rappelle et ça me rend dingue, et Stella demande,

Il est où papa ? et je réponds, Il rentre un peu plus tard ce soir, avec cet air de maîtrise que Stella apprécie que j'arbore, parce que n'importe quel enfant apprécie que son parent arbore un air de maîtrise, non darling le monde ne part pas à vau-l'eau, le robinet goutte dans la baignoire rose dragée et cette goutte produit un rythme irrégulier qui me serine, Tue-toi tue-toi tue-toi, et je me dis, Cette goutte est folle, je suis folle, cette goutte est folle, cette goutte est folle. J'entends la voix de Tonton Gio qui cite Bernanos quand je lui dis que parfois j'ai l'impression de devenir dingue et que ça me fait tellement peur, que je suis horrifiée par la possibilité de la démence et que je voudrais en parler à « quelqu'un », il m'interrompt, il lève les yeux au ciel : « Se connaître est la démangeaison des imbéciles », répète-t-il à l'envi.

Longtemps je me suis dit qu'être amoureuse c'était ne pouvoir imaginer vivre sans l'autre, et désirer éperdument, tragiquement, vainement me l'attacher pour toujours. L'autre devait être la fin de toute agitation, de toute insatisfaction. Pourtant je n'ai jamais été aussi intranquille qu'en ce jour.

Et puis il est brutalement vingt-trois heures.

Stella s'est endormie dans son lit. Gloria l'a couchée. Elle ne s'en souvient pas mais elle l'a couchée, c'est à n'en pas douter.

Il est vingt-trois heures et Samuel débarque, elle entend la clé dans la serrure, en général le samedi il sonne pour que Stella se précipite et lui ouvre, mais il sait qu'il est tard, il sait qu'il est beaucoup trop tard, alors il est tout sourire en entrant dans le salon, il a les bras chargés, Gloria jette un œil vers lui, elle bouquine la même page depuis une heure dans le fauteuil du salon, il faisait trop froid sur le balcon même avec de l'éthanol et de la colère, elle est ennuyée qu'on la dérange, elle lit un roman policier et elle est en plein dans l'angoisse d'arriver bientôt à la fin du livre parce qu'elle se dit qu'il reste trop peu de pages pour un dénouement recevable. Elle se prépare à la déception.

« Regarde ce que je te rapporte. »

Il est joyeux, elle ferme lentement son livre, elle se dit, Comment faire pour remiser mon ressentiment ? c'est exactement ainsi qu'elle le formule dans sa petite tête embrumée.

« Tu as écouté mon message ? demande-t-elle le plus calmement possible.

— Non. J'ai oublié mon téléphone à l'atelier et j'étais à droite à gauche toute la journée.

— À droite à gauche.

— Attends de voir ce que je te rapporte.

— Je croyais que tu voulais réparer le chauffage à l'atelier aujourd'hui.

— Attends attends attends. »

Il pose son carton par terre, il décolle le scotch qui le ferme. Ses gestes sont brusques, mal contrôlés, Ça ira de plus en plus dans ce sens, se dit-elle, il tremblotera, aura des pertes de mémoire, ne s'apercevra plus combien je lui en veux, il va peu à peu fermer les écoutilles.

« Stella t'a attendu. »

Il ne répond pas, tout occupé à décortiquer son colis.

« Stella t'a attendu », répète-t-elle plus fort.

Il lève la tête. Il a une vague intuition qu'elle n'est pas dans son état normal.

« J'irai lui faire un baiser », dit-il.

Et puis il extrait du carton ce qu'il vient de rapporter. C'est un reliquaire en ivoire.

« Ça vient de Skaralac pas très loin de Sarajevo et ça date du XIIe siècle. »

Elle est sidérée.

« Et là tu vois, c'est le doigt de saint Nicolas. »

Il est tellement fier. Qu'il finit par faire le modeste et le malin.

« C'est évidemment une reconstitution en cire même si tout le monde feint de croire que c'est ce qu'il reste du vrai... »

Elle est absolument sidérée.

« Putain, mais d'où ça sort ? Comment tu peux exhiber un truc pareil devant moi sans trouver que c'est simplement CONTRE NATURE ? »

Même quelqu'un comme Samuel sent quand la situation n'est pas à son avantage.

« C'est encore l'un de tes sbires qui est allé piller une église pour te rapporter un trésor ? Tu trouves ça NORMAL ? »

Samuel regarde son trésor comme si celui-ci s'apprêtait à lui révéler comment se sortir de ce mauvais pas.

« En fait, je déteste ta façon de récolter, récupérer, amasser, revendre. »

Le « En fait » sonne comme une condamnation.

« Il y a un siècle et demi tu aurais participé à la traite négrière sans la moindre once de culpabilité. »

Elle sait qu'elle y va un peu fort. Elle s'en rend compte en prononçant ces mots. Mais c'est la loi de la dispute et de la colère. Il s'agit d'abdiquer toute mesure et toute dignité.

Alors il remballe son trésor, il bat en retraite, il dit, « Laisse tomber. »

Mais elle n'est pas prête à laisser tomber.

Il dit, « Je suis fatigué. »

Elle dit que oui bien entendu, vu toutes ses activités c'est sûr qu'il doit être épuisé, en revanche elle, elle n'a rien foutu de la journée, elle a simplement fait des courses, des puzzles avec Stella, une lessive, un peu d'arithmétique et de conjugaison, des gâteaux en pâte à modeler, elle l'a attendu, elles l'ont attendu, elles n'ont fait que ça, l'attendre, elles ont eu une journée passionnante, littéralement passionnante, et lui il était occupé à ses petits trafics, et il ne lui vient pas une seule seconde à l'esprit de prendre de leurs nouvelles ou de donner des siennes, parce qu'il n'en a rien à foutre au fond de savoir comment elles remplissent leur temps pendant qu'elles l'attendent, ça lui importe peu du moment qu'il a tout le loisir de s'adonner à ses petits trafics, mais d'ailleurs j'y pense là à l'instant il devrait peut-être habiter tout seul, oui c'est une bonne idée ça, il habiterait tout seul, retrouverait une grande blonde complaisante quand ça lui dirait et il n'aurait plus à se soucier de rien, c'est ça la solution à tous leurs problèmes, il faut qu'il dégage, et ainsi tout le monde sera content.

Il dit, « Laisse tomber. »

Samuel n'est pas la bonne personne avec qui se disputer.

Elle lui dit de dégager même si ça la rend folle de le voir s'en aller.

Il est déjà à la porte, son carton sous le bras, mais elle ne va pas le laisser s'échapper comme ça, Tu vas où ? Tu vas le jouer au poker ton putain de trésor ?, elle se met à pleurer, de rage ou d'autre chose, elle l'attrape par un pan de sa veste, il n'a même pas eu le temps de retirer sa veste, elle est prête à le frapper, c'est ridicule, ses petits poings de femme contre le dos de son homme, il se tourne vers elle, Je vais te laisser te calmer, il lui prend les poignets, il la retient, puis il la lâche, il se retient, et il s'en va, il claque la porte et il s'en va, elle la rouvre à la volée, elle voudrait hurler que c'est bien un truc de mec de se barrer comme ça, de la laisser avec la petite, mais il est déjà dans l'ascenseur, et vraiment parler à une cage d'ascenseur ce n'est pas idéal pour passer sa colère, alors elle referme la porte, elle la claque si fort que le cadre au mur de l'entrée tombe et se brise, c'est un dessin au fusain qui représente une mère et son enfant, un cadeau de Samuel évidemment, elle ne veut pas s'approcher des débris, elle a encore un peu de bon sens, il ne faut pas s'approcher de morceaux de verre effilé quand on est dans cet état, elle tourne en rond, elle va jeter un œil dans la chambre de Stella, la petite dort avec sa veilleuse qui forme des ombres mouvantes au plafond, ses deux mains jointes en prière sous sa joue, elle ne comprend pas pourquoi sa fille dort ainsi, dans une sorte de merveilleuse allégorie du sommeil, elle aimerait que la vue de son enfant, son odeur de sous-bois, son sommeil abyssal la calment, mais ils ne font que la rendre plus triste, son chagrin la submerge, elle pleure de plus belle, elle embrasse la petite, lui caresse les cheveux, elle ne veut pas la réveiller et elle veut qu'elle se réveille, la petite se dégage avec des gestes lents et aquatiques, et Gloria se dit, J'en ai marre, j'en ai marre, j'en ai marre, ce qu'il faudrait c'est foutre le feu à son putain d'atelier.

37

Avait-elle vraiment prévu tout ce qui allait se dérouler ce jour-là ou s'agissait-il seulement de l'une de ces éventualités dont nous gratifie notre subconscient quand on lui laisse trop souvent et depuis trop longtemps la porte ouverte ? Vous savez, cette petite porte que l'on a entrebâillée un jour parce qu'on aimait inventer des histoires ou qu'on voulait seulement se désennuyer ou être moins triste ou moins terrifiée, et c'est ainsi qu'on s'est mis à examiner un champ des possibles si vaste et si excitant qu'il est devenu très difficile de distinguer la réalité de ce que *pourrait être* la réalité. Cette petite porte qu'on est en mesure de déverrouiller facilement quand on est enfant et qui reste, quand on a su la déverrouiller, pour toujours entrouverte. Peut-être est-ce exactement ce qui est arrivé à Gloria ce jour-là quand Santini est venu lui rendre visite dans la maison de Kayserheim et qu'elle a pris peur et qu'elle a choisi de ne pas se poser mille et une questions et de ne pas hésiter – souviens-toi pourtant de ne pas confondre vitesse et précipitation – et il a confirmé, il a dit que oui il était allé trouver Tonton Gio, il voulait savoir où était Gloria et où elle avait emmené les filles, et il avait pensé que Gio serait au courant d'une manière ou d'une autre, c'était légitime d'imaginer cela, Tonton Gio était ce qui ressemblait le plus à une famille pour Gloria, et c'était légitime de s'inquiéter n'est-ce pas, de s'inquiéter pour Gloria et pour les filles, où était donc partie Gloria en emmenant les filles, une sous chaque bras, il voulait l'aider, disait-il, il voulait aider Gloria, il ne savait pas vraiment pourquoi vu la situation, ou plutôt si, il y avait un vaste faisceau de raisons, ça lui semblait disons fondamental, il était encore temps de l'aider, parce que, voyait-elle, il avait tout de suite deviné que quelque chose clochait (Santini s'est rengorgé en prononçant ses mots), quand il était arrivé sur les lieux de l'incendie il y a de cela six ans, il pleuvait encore, ça faisait tellement longtemps qu'on attendait ça un peu de pluie, les vieilles seraient contentes, elles diraient, « C'est bon pour la terre », elle disent toujours ça, et Santini avait débarqué là-bas après le coup de fil de Gloria, elle lui avait dit qu'elle ne voulait pas y aller, pas tout de suite, elle ne voulait pas laisser Stella, elle sanglotait tellement au téléphone, alors Santini y était allé, et les pompiers étaient toujours là-bas, il pleuvait encore sur le hangar fumant, un flic que connaissait bien Santini lui avait expliqué qu'ils n'avaient rien trouvé de probant, à part les traces de pneus, des traces de Vespa qui tournicotaient autour des ruines calcinées de l'entrepôt, Samuel Beauchard avait-il une Vespa ? non

non, Samuel Beauchard n'avait pas de Vespa, et d'ailleurs pourquoi aurait-il tournicoté autour de son propre hangar comme pour être sûr de bien asperger les lieux, alors Santini était parti voir Gloria et Stella, il fallait passer voir Gloria et Stella, et la Vespa était sur le trottoir juste devant l'immeuble, comme d'habitude, et elle était dégueulasse, pleine de boue, mais là encore il avait résisté, il était resté un moment, près de la Vespa, à cogiter, et il avait décidé qu'il ne dirait rien, et il n'avait rien dit, pendant six ans il n'avait rien dit, mais là maintenant il pensait qu'il s'était trompé, il pensait sérieusement que Gloria devait passer aux aveux, le fait qu'elle se soit résolue à s'enfuir avec les filles l'en avait convaincu, tout serait plus léger, c'est toujours comme ça, la culpabilité est un sacré fardeau, ma belle, ça pèse des tonnes, la seule personne qu'il pensait être assez proche de Gloria pour lui donner des informations c'était Gio, mais Gio n'en savait pas tant que ça, ou ne voulait rien savoir, ou était aveuglé, donc il avait bien fallu que Santini déballât tout à Gio, celui-ci était d'abord resté inflexible et camouflé derrière son incapacité à parler, il faisait mine de ne rien comprendre, alors qu'on voyait ses yeux s'opacifier à mesure que Santini l'affranchissait, on aurait peut-être même pu croire qu'il pleurait, mais c'était difficile à estimer rapport à sa cataracte et à ses yeux toujours humides, il était pas en superforme physique au moment de, tu sais quoi, au moment de son décès, mais bref, c'était douloureux à observer, cet homme qui s'effondrait, dont tous les repères s'effondraient, qui résistait au début, qui se braquait, on le voyait se cabrer dans son fauteuil, s'il avait pu il serait parti en courant les mains sur les oreilles pour ne rien entendre de ce que Santini était en train de lui révéler, comment Santini aurait-il pu imaginer que ses déclarations provoqueraient une telle désolation chez Gio, que celui-ci n'imaginerait rien d'autre que la mort volontaire pour en finir avec ce monde de vilenies et de trahisons. Parce que Santini en savait si long. Après le départ de Gloria, que dis-je après sa désertion, Santini s'était vraiment penché sur la question, il s'était demandé pourquoi tout à coup elle avait compris qu'il avait compris, il avait dû laisser échapper quelque chose un jour, ou alors ça avait fait son chemin dans la petite tête de Gloria et elle avait préféré s'enfuir, que dis-je, déserter, elle avait compris qu'il savait ce qui s'était déroulé cette nuit de janvier à l'atelier de Samuel avant l'arrivée des pompiers, elle avait compris qu'il avait reconstitué le puzzle atelier-incendie-Samuel-Gloria même si elle avait gentiment et méticuleusement nettoyé sa Vespa dans la journée qui avait suivi l'incendie, c'est son boulot d'y voir clair, à Santini, même quand on lui ment, et je peux te dire que les clients me mentent souvent, c'est presque une question de principe avec un avocat n'est-ce pas, mais d'ailleurs, entre nous, avait-elle déjà vu un incendie avant cette fois-là, c'est impressionnant un incendie, on n'imagine pas combien c'est impressionnant, une allumette, quelques produits hautement inflammables, et wouf la torche, c'est spec-ta-cu-laire, bon bon

bon, revenons-en à nos cochons sauvages, nos cochons grillés, pardonne-moi je ne peux pas m'empêcher de faire de l'esprit, donc c'est là, ma toute belle, où tu t'es trompée, elle ne lui avait pas assez fait confiance, parce que ni Gio ni lui ne seraient allés déposer contre leur protégée, c'était déjà assez dur (ou humiliant, c'est selon) de réaliser qu'on avait été manipulé, qu'on avait accordé sa confiance sans être payé de retour, que la seule personne à qui, etc., à ce moment-là Gloria décide de l'arrêter parce qu'il pourrait continuer comme ça pendant des heures ou même des jours, elle dit, « Je t'écoute, je t'écoute, mais viens avec moi, je vais préparer notre déjeuner », et ça le coupe dans son élan, Santini, le voilà qui se retrouve à trancher des tomates sur la table de la cuisine pour aider Gloria, il a retiré sa veste de velours bordeaux, il porte une chemise à carreaux, de la flanelle peut-être, en tout cas quelque chose qui doit coûter l'équivalent du loyer mensuel d'un F3 à Marseille, Santini semble toujours croire qu'il peut être pris en photo à tout instant et qu'il lui faut être élégant en toutes circonstances, c'est un angle mort assez touchant chez lui, son désir que personne ne devine qu'il vient d'un village perché en Castagniccia et que, dans sa famille, seul son père savait lire, il pense que la reconnaissance passe par le chic – ou ce qu'il imagine comme tel. Cela dit il se débrouille plutôt bien – à part pour les voitures, et les juke-boxes.

Il tranche des tomates, ce sont les dernières de la saison, c'est un petit producteur qui les vend, elles sont même meilleures que dans le

Sud, te rends-tu compte, des tomates d'Alsace, elle dit ça comme si elle disait, des tomates de la planète Mars. Elle dispose sur une planche des fumaisons diverses, « Ils sont très forts ici pour tout ce qui est charcutaille », dit-elle, Santini s'en fout des tomates et des saucissons mais il a perdu le fil, il ne perd jamais le fil en général, mais là, il est pris dans quelque chose de sentimental, et on ne peut rien faire quand on est coincé dans quelque chose de sentimental, on est à la merci de l'autre, parce qu'il l'aime beaucoup Gloria et il ne comprend pas comment on peut en être là, il est très fort Santini, mais il s'est fait berner, cela arrive même aux meilleurs.

38

C'est au moment où l'école a appelé pour dire que Loulou avait été emmenée à l'hôpital – comme le permettait la fiche d'urgence que Gloria avait remplie au début de l'année scolaire –, au moment où l'infirmière lui a dit que les pompiers étaient venus la chercher et qu'il fallait qu'elle se rende dès que possible à l'hôpital de Bottenbach, qu'elle s'est extraite de la transe dans laquelle elle était depuis l'arrivée de Santini le matin même. Son portable avait sonné sans qu'elle s'en aperçoive. Ça passait très mal sur les rives du lac. Elle a constaté qu'elle avait des messages en traversant le jardin pour retourner à la maison nettoyer les reliefs de leur déjeuner. Elle les a écoutés, immobile au milieu de l'herbe froide, un doigt dans l'oreille sans téléphone pour mieux entendre. Et c'est à partir de là qu'elle a pris conscience de ce qui venait de se produire. Ce fut comme de dessoûler d'un coup ou de se prendre une piqûre d'adrénaline en plein cœur. Elle s'est précipitée dans sa voiture et elle a roulé vers Bottenbach en se répétant, Je suis punie, et ces quatre syllabes tapaient contre ses tempes comme une abeille contre une vitre, il lui arrivait la même chose lorsqu'elle était petite fille et que ses parents se disputaient ou qu'elle avait une mauvaise note ou qu'une gamine dans la cour se levait du banc au moment où elle s'y asseyait, elle se disait, Je suis punie, parce que l'équilibre de l'Univers reposait sur ce principe, une mauvaise action engendrait un dysfonctionnement, et il fallait rétablir l'ordre, et cette théorie quantitative de la bonté retrouvait toute sa légitimité quand quelque chose tournait mal. Je suis punie. Mais quelle que soit la punition que l'Univers lui réservait, il fallait bien que Santini disparaisse, personne ne pouvait dire le contraire, et elle avait les moyens de le faire disparaître, elle avait une arme et un lac, une arme et un lac, et très peur, très peur pour ses filles, qui s'occuperait d'elles si Gloria devait répondre de ses actes, puisqu'il savait qu'elle avait enfourché sa Vespa la nuit de l'incendie, elle avait laissé Stella toute seule, elle avait laissé Stella TOUTE SEULE la nuit de l'incendie, c'est très mal ça, et elle était partie à l'atelier de Samuel, il fallait se débarrasser de l'entrepôt qui abritait l'atelier, tous ses soucis, toutes les difficultés qu'elle avait avec Samuel venaient de l'atelier, ils avaient souvent parlé de l'imprimerie qui périclitait à côté et des types qui fumaient des clopes dehors à un mètre des bidons d'alcool isopropylique, Gloria disait, Ils vont foutre le feu un de ces jours, c'était stocké n'importe comment, même les anti-siccatifs en bombe aérosol patientaient sous un auvent, Santini et Gloria discutaient régulièrement du danger que cette proximité représentait, Santini voulait faire fermer l'imprimerie, Samuel avait tendance à temporiser, mais ce que Santini voulait éclaircir présentement c'était un point crucial : il souhaitait s'assurer que Gloria ignorait bien que Samuel était retourné à l'atelier pour dormir sur son vieux canapé et laisser sa femme se calmer après une énième dispute – Samuel avait parlé à Santini des sautes d'humeur de Gloria, de sa férocité ponctuelle, il ne s'en était pas plaint, il avait juste dit qu'il s'inquiétait parfois, c'était quelqu'un qui aurait parlé d'un avis de tornade en disant, On va se calfeutrer deux-trois minutes, et quand Santini lui demandait des nouvelles de Gloria, il disait, Je crois que c'est passé, elle change, elle va mieux. Ça l'avait pas mal tarabusté, Santini, il avait conclu que ce n'avait pu être qu'un accident, et que du coup Gloria devait vivre avec une culpabilité écrasante. Il avait pensé qu'il était peut-être temps de débarrasser Gloria de sa culpabilité.

« Le langage est le pouvoir, ma chérie, a-t-il déclaré. Si j'affirme que tu as tué le père de tes enfants, ce n'est pas pareil que de dire que tu es involontairement responsable de sa mort. Je peux parler de dommage collatéral et accidentel. »

Que lui proposait-il donc ?

Qu'elle avoue et qu'il la défende ?

L'idée a paru effroyable à Gloria.

Comment pouvait-il penser une seule seconde qu'elle infligerait une telle douleur à ses filles ? Comment pouvait-il penser qu'elle pourrait survivre à l'horreur qu'elle leur inspirerait ? Parce qu'il croyait quoi, le Santini, il croyait qu'elles allaient prendre ça à la légère, il croyait que les petites (les petites) diraient, « Ah oui bien sûr maman a tué papa mais c'était juste un accident » ? Mais non ce serait l'épouvante qui l'emporterait sur tout le reste. Ignominie, mensonge monstrueux, cauchemar : des mots ténébreux, des visions apocalyptiques parasitaient l'entendement de Gloria. Mais elle n'en a rien laissé paraître. Elle sait faire ça depuis six ans. Ne rien laisser paraître.

Il a continué. Quand il en avait parlé à Gio lors de sa visite à Fontvieille, celui-ci n'avait pas d'avis sur la question, parce que Gio n'avait même jamais imaginé que Gloria, sa petite protégée, avait foutu le feu à l'entrepôt et à tout ce qu'il y avait à l'intérieur avant de repartir à l'appartement faire une bise sur le front de Stella et se coucher en cuvant tout le mauvais gin qu'elle avait absorbé, et en se disant obscurément avant de sombrer, Ah il verra bien demain matin, ça lui fera les pieds. Et il avait été tellement désespéré, Gio, qu'il avait choisi de mettre à exécution son suicide plein d'emphase, c'est ce qu'a dit Santini, il a parlé de l'emphase du suicide de Gio, ils ne s'étaient jamais appréciés ces deux-là, et Gloria lui a dit, « Tu me fous le suicide de Tonton Gio sur le dos ? » Santini a répliqué, « C'est bien ce que tu as essayé de faire avec moi. »

Alors voici ce qui s'est passé :

Elle a été parfaitement organisée. Ils ont déjeuné sur le perron et puis elle lui a dit qu'ils allaient prendre le café près du lac. Il fallait qu'elle réfléchisse à tout cela. Il comprenait, n'est-ce pas ? Il comprenait. Elle a préparé un thermos et deux mugs. Et ils ont quitté lentement le jardin, marchant côte à côte, lui en train de mouiller le bas de son pantalon et ses Paraboot, elle ses bottes en caoutchouc. Il n'arrêtait pas de répéter qu'il savait combien elle était une gentille fille. (Mais, corrigez-moi si je me trompe, qui a jamais eu envie de devenir ou d'être une « gentille fille » ?) Vu qu'elle se refermait de plus en plus, il a changé de sujet de conversation, il a parlé immobilier, il a dit qu'il avait trouvé un mas dans les Alpilles, qu'il allait faire creuser une piscine à débordement, et que les filles pourraient venir, voyait-elle ce qu'était une piscine à débordement, oui elle n'avait pas huit ans, bon bon bon, il fallait qu'elle sache qu'il serait toujours là pour les filles, il était un peu comme un grand-père pour les petites, n'est-ce pas ? Et pourquoi les filles auraient-elles tout à coup besoin d'un grand-père ? Elles se contentaient depuis fort longtemps d'une mère attentive et protectrice. Tu penses vraiment que ça ne leur suffit pas ? Santini et elle sont, à ce moment précis, assis sur le tronc d'un chêne qui sert de banc sur la courte plage. Il dit, « Tu as pris le sucre ? » Et elle répond, « Suis-je bête ? », elle se frappe le front, elle se lève et détale, « J'en ai pour une seconde », il crie pendant qu'elle s'éloigne, « Ne t'embête pas, je peux le boire comme ça », mais elle est déjà loin, elle est sous la futaie, elle emprunte le sentier, elle galope vers la maison, elle grimpe sur le porche, elle ouvre la porte à la volée, elle monte à l'étage, se dirige directement vers son tiroir à lingerie, elle s'empare du Beretta, le sort de son étui en feutrine, elle chope la boîte de cinquante munitions qu'elle a scotchée sous son sommier, elle redescend, charge le pistolet, et marche d'un pas vif vers la plage. Comme Santini l'entend arriver – à cause du bruit de ses pas sur le tapis d'épines de sapin, ce tapis luxueux et féodal – il sait qu'elle est maintenant tout près, mais il continue de regarder le lac, sublime, dépeuplé, impavide, le voilà contemplatif, notre Santini, il doit déjà se demander comment formuler au mieux sa plaidoirie, et elle s'arrête juste derrière lui, il se tourne vers elle, « Il n'y avait plus de sucre », dit-elle, il se lève, la regarde, il a l'air à la fois médusé et amusé (comme si elle lui concoctait une bonne blague), et elle vise, il reçoit la balle en plein cœur. Samuel lui avait bien dit qu'elle visait merveilleusement juste.

Le problème avec les armes à feu, disait Tonton Gio, c'est que, si tu en as une, ça a tendance à être LA solution.

Et puis si tu disposes d'un lac de cent dix mètres de profondeur à côté de chez toi ça devient vraiment tentant. Je ne t'apprends pas que tout peut y être englouti. C'est comme de jeter ta batterie HS dans le canal. Plouf, je leste la chose et hop j'oublie. C'est vraiment trop tentant.

Mais il fallait s'y attendre, la punition n'a pas tardé. Ce genre de comportement dérange les règles qui ordonnent l'Univers. Et c'est Loulou, miraculeuse créature, qui en a fait les frais.

39

Quand Loulou est née, elle était si délicate que Gloria avait l'impression que son sang était de l'air, sa chair était si légère que sa petite aurait pu s'envoler au moindre coup de vent. À ses tempes, sous la peau aussi fine et transparente que du papier-calque, elle voyait pulser sa vie à une vitesse qui lui évoquait le cœur d'un rouge-gorge. Elle avait tenu un rouge-gorge dans sa main quand elle était enfant et il lui en était resté une impression douloureuse, enchantée, il n'y avait presque rien au creux de sa paume, rien d'autre que quelques os aussi fins que des arêtes, aussi mouvants que s'ils n'avaient été attachés à aucune chair, incroyablement vulnérables, mais tout cela était contredit par cette pulsation obstinée, effrénée, qui lui avait tant fait peur. Comment pouvait-on vivre avec un cœur qui battait si vite ? Avec un cœur si petit. La texture du corps de Loulou lui paraissait étrangement ferme malgré l'absence de muscles. Et sa peau était molle et lisse et douce, et par endroits très sèche, légèrement granuleuse, Loulou ressemblait moins à un animal vivant qu'à une chose comestible, Gloria passait son temps à caresser le dessous des pieds de la petite en se disant, Ils n'ont jamais marché, ils sont moelleux comme de petits gâteaux industriels à l'orange, et elle faisait rouler un à un les orteils minuscules entre ses doigts en s'interrogeant sur le diamètre des veines qui les alimentaient. Et elle se disait avec douleur et stupéfaction, Je ne pourrai jamais dire à cette petite fille, « Va montrer à papa comme tu es belle. » Puisque Samuel n'était plus là.

40

Gloria s'est présentée, échevelée, à l'hôpital de Bottenbach en disant qu'elle était la mère d'Analuisa Beauchard, on lui a dit qu'elle devait patienter, alors elle s'est assise dans un siège orange en plastique moulé juste à côté d'un distributeur de boissons chaudes, rassurant parce que ronronnant et sans surprise (le café y est une tannée, et le thé un liquide vaisselle bouillant), elle est restée là, en se dévorant les ongles et le bout des doigts, à observer la façon dont les urgences s'accommodent de nos toutes petites vies, les urgences qui découpent notre pull à trois cents balles simplement pour nous faire mieux respirer, les urgences qui se foutent résolument qu'on se soit ou non rasé les aisselles, les urgences qui perdent nos chaussures préférées au milieu du couloir, les urgences qui agissent et qui sont le lien entre nous et la mort, entre nous et l'extinction brutale des machines.

Elle se concentrait sur ce ballet pour ne pas être dévastée par la terreur.

À un moment, elle s'est remise en selle, elle est sortie téléphoner au lycée de Stella, elle s'est postée dehors sur le parvis glissant, visage vers les cieux nuageux, elle a parlé au responsable de la vie scolaire, demandé que Stella la rappelle, c'est urgent, le type est demeuré laconique au téléphone, elle a eu envie de lui arracher les yeux à distance, elle a dit, « Je suis à l'hôpital auprès de sa petite sœur. »

Après que le type lui a assuré qu'il allait chercher Stella au gymnase, Gloria a raccroché et est rentrée dans le hall. Un homme en blouse blanche avec un stéthoscope pendouillant sur sa poitrine, penché au-dessus du comptoir d'accueil, se tourne vers elle.

« Ah il faut que je vous parle.

— Où est ma fille ? »

L'homme a les cheveux volumineux, des cheveux dont il a l'air d'être fier, il a le teint orangé des gens qui abusent des UV ou se recouvrent d'autobronzant l'hiver, il peut avoir entre cinquante et soixante-dix ans. Difficile à évaluer.

« Suivez-moi », dit-il.

Il l'emmène dans une pièce surchauffée qui donne sur le couloir, par la fenêtre des arbres rougeoyants tremblotent, elle remarque qu'il n'y a pas de pendule au mur, elle le remarque tout de suite parce que le jour où on lui a annoncé la mort de son père c'était dans une petite salle d'hôpital sans pendule, son père l'avait prévenue, il lui avait dit, « C'est pour leur éviter d'être tenté de regarder l'heure quand ils annoncent la mort d'un proche à la famille. »

L'homme aux cheveux volumineux la fait s'asseoir dans un fauteuil en skaï, il prend place lui-même devant une table basse et compulse ses notes.

« Votre fille a été intoxiquée à la phosphine. »

Tu es punie.

« Mais où est-elle ?

— Elle se repose. »

Gloria ne comprend pas s'il a dit « elle se repose » ou « elle repose ». Elle le fixe.

« Où est-elle ? redemande-t-elle.

— Elle est dans une chambre à l'étage, nous devons encore faire quelques examens, la garder en observation et comprendre comment elle a pu être empoisonnée à la phosphine. »

Il a dit « empoisonnée », elle n'aime pas ce mot.

Son portable sonne. L'homme prend un air affecté mais elle lui signifie que c'est inutile, elle va répondre. C'est Stella. Gloria lui dit, « Rejoins-moi. » Elle dit, « Phosphine. » Elle dit, « Elle va bien. » Au moment où elle prononce, « Elle va bien », ses yeux se fixent sur le visage de l'homme devant elle, il s'est replongé dans ses papiers mais il fait une petite moue inconsciente pour relativiser la nouvelle.

Stella, une demi-heure plus tard, l'informe précisément de ce qu'est la phosphine. Elle vient d'arriver à l'hôpital. Son professeur d'EPS l'a déposée. C'était sur son chemin.

« Comment sais-tu tout ça ? » demande Gloria. Elles sont confinées dans la pièce aux fauteuils en skaï.

Stella hausse les épaules.

« Une fille m'a prêté son téléphone. »

Et comme Gloria ne paraît pas comprendre.

« Il n'y a pas de cyber à Kayserheim mais on a des ordis au lycée et le wifi à peu près partout… »

Gloria s'ébroue. Elle n'a vraiment rien compris. Elle a voulu protéger ses filles en les isolant. Et pendant tout ce temps Stella chattait avec sa copine Sarah restée à Vallenargues.

« La phosphine est un pesticide. Interdit. Il donne des nausées, des maux de tête et des hallucinations. Et provoque des troubles neurologiques, précise Stella.

— Ils m'ont demandé si on avait traité la maison contre les punaises de lit.

— Deux sœurs canadiennes sont mortes en Thaïlande parce que leur chambre d'hôtel avait été désinfectée à la phosphine. En tout cas c'est ce que dit le neuropathologiste qui a étudié les cerveaux des deux sœurs. Il y a détecté des lésions causées par un manque aigu d'oxygène, c'est le premier symptôme d'une intoxication à la phosphine. Le FBI a d'ailleurs recensé une vingtaine de morts similaires de touristes en Asie du Sud-Est.

— Je ne comprends pas. On est dans un petit village d'Alsace, chérie. Tu me parles du FBI et de la Thaïlande.

— Et ça sent l'ail ou le poisson. »

Stella prononce cette phrase avec un brin de suffisance (elle ne peut s'en empêcher, elle semble surexcitée par sa découverte, elle est dans un état étrange, sa petite sœur est quelque part entre la vie et la mort, et elle, elle a trouvé la réponse à l'énigme). Elle regarde sa mère dans les yeux en espérant que celle-ci cesse d'utiliser des subterfuges pour éviter de comprendre. Tout est clair pour Stella. Elle se trouve précisément dans le dernier chapitre d'un livre d'Agatha Christie. Ce qui gomme avec douceur la réalité de ce qui se déroule dans la chambre du deuxième étage.

« Ils s'en servent à côté, à la scierie. Je suis sûre que le vieux Buch s'en sert. Il est obsédé par les parasites. Toutes les sortes de parasites. Et souviens-toi. Il y a toujours cette horrible odeur de poisson pourri qui traîne. »

Gloria ne comprend toujours pas. Son cerveau a un problème de connexion.

« Loulou est toujours dehors, maman. Elle cultive son petit potager et elle a passé l'été dans le lac ou près de la rivière. Elle a été intoxiquée. »

Gloria hésite. Elle remarque seulement que Stella l'a appelée maman. C'est comme ne pas réussir à faire la mise au point avec un viseur. Ou s'inquiéter pour ses bas filés alors qu'on vient de perdre un bras dans un accident de voiture. Et puis elle pense que les flics, ou qui que ce soit d'autre d'officiel et de sévère, vont aller jeter un œil au lac. À ce qui est dans le lac. Elle se répète, Tu es punie, comme si elle était le centre exact de l'Univers, l'épicentre du tremblement de terre.

« Les chiens du père Buch sont morts empoisonnés, maman. »

Gloria se frotte prudemment les joues comme si elle avait une rage de dents.

« Il faut le foutre en tôle, ce type », dit Stella.

Gloria secoue la tête.

« Non. On va faire autrement. »

Épilogue

Il aurait fallu arrêter mais, tout comme on est tenté de reprendre le remède qui nous a jusque-là soulagés avec exactitude, Gloria désormais jalonnerait sa vie de quelques cadavres d'importuns potentiellement dangereux. Ses filles toujours ignoreraient sa propension à régler les problèmes avec un brin de précipitation, même si cette disposition particulière les obligerait toutes trois à déménager régulièrement.

Ce serait sa façon de se débarrasser des fantômes mais de demeurer loyale à la petite fille qu'elle avait été – terrorisée et appliquée. Elle resterait toujours, en somme, une petite fille avec une hache.

Parce qu'elle n'avait trouvé que cela pour lutter sans s'accommoder. Lutter contre les mères sans amour, les rayons X qui font tomber les cheveux, le goudron dans les poumons, les entrailles brûlées par l'alcool, l'autopromotion permanente, l'étiolement du désir, la baise métronomique, l'abus de pouvoir, le sentiment d'imposture, les microparticules, les métastases, l'avidité, le plaisir de la médisance, l'envie, l'accumulation, le divertissement et le manque de talent, ou plutôt l'exploitation frénétique du moindre atome de talent en soi, même si c'est pour le coloriage ou le karaoké.

C'était son mantra de Miss Univers : je veux que le Monde soit meilleur.

Miss Univers avec un Beretta.

Ne vous est-il jamais arrivé de rêver de vous débarrasser d'un connard – et de plaisanter à moitié en disant que vous aimeriez mettre un contrat sur sa tête ?

Gloria n'avait pas votre réserve.

Il y avait donc eu, après le départ de Kayserheim, la propriétaire de l'immeuble où Gloria et ses filles avaient logé à Paris, une femme qui semblait croire qu'elle régnait unilatéralement sur un fief de parquets disjoints, de moquettes malodorantes et d'esclaves à sa merci. Elle avait fait du chantage au couple colombien sans papiers du deuxième étage pendant six mois. Puis elle s'était rompu le cou dans les escaliers.

Il y avait eu aussi la vieille dans le petit village de Fronterac, qui écorchait les chats et se faisait des écharpes et des mitaines avec leur peau. Son jardin donnait sur la maison où Gloria et les filles habitaient. On pouvait y accéder facilement par un trou dans le grillage. La vieille avait fini par s'étrangler avec un os de poulet.

Le dernier, à ma connaissance, fut le professeur de gestion de Stella qui avait une tendance prononcée au harcèlement des jeunes filles – main leste, menaces, propos salaces et mauvaise évaluation de son impunité. Il s'était fait renverser un dimanche sur une petite route près de Châteauroux – il était adepte du cyclisme en lycra moulant sur mollets galbés. On n'avait jamais retrouvé le chauffard.

Assise sur la terrasse au sommet de sa maison en Castagniccia, Gloria se repasse le film de ses petites victoires. Elle ne sera pas du genre à chipoter sur son châtiment à venir. Puisqu'elle a trouvé un soulagement intense grâce à ces « réparations ». Elle soupire en regardant alentour les châtaigniers et le maquis brûlant, elle sent l'odeur de curry des immortelles, elle aperçoit le campanile de l'église et les toits d'ardoises du village, puis elle regarde ses jambes allongées sur le banc de pierre devant elle : courtes, musclées, tavelées. Elle se laisse aller à une aimable autocomplaisance, secouant la tête en se voyant vieillir, surprise chaque jour de cette usure, auscultant son propre affaissement avec une précision d'entomologiste. Parce que au fond, malgré la peau de crocodile et la vue qui baisse, elle est toujours la petite fille avec la hache.

Comment fait-on grandir la petite fille en soi ?

Gloria avait vendu la maison de Kayserheim après le rétablissement de Loulou – et le suicide du père Buch –, elle avait voyagé avec ses filles, s'installant un temps quelque part puis déguerpissant, celles-ci lui avaient reproché leur manque de sédentarité mais avaient accepté longtemps de demeurer dans sa zone de sauvetage. Et puis Gloria a acheté cette haute maison de schiste perchée dans les châtaigneraies corses. Tu as définitivement pris le maquis, aurait dit Santini.

Ses filles ont préféré des contrées plus froides : Stella vit dorénavant à Montréal avec un professeur de mathématiques, et Analuisa, que plus personne n'appelle Loulou, est soigneuse au zoo de Berlin. Elle a gardé de son intoxication à la phosphine quelques troubles neurologiques mais sa dernière phase maniaque date de plusieurs années. Elle semble plutôt heureuse et calme. Elle dit parfois, en riant doucement, qu'elle finira par libérer tous les animaux du zoo de Berlin. Gloria imagine alors la Friedrichstrasse envahie par les lynx, les vautours perchés sur la porte de Brandebourg et les babouins s'égaillant dans Grunewald. Gloria sait bien qu'un jour sa fille cadette, si folle et si pure, libérera réellement le cœur sauvage de la ville. Elle n'a aucun doute sur la question.

Depuis son implantation corse, Gloria s'est installée dans un silence obstiné. Elle écrit à ses filles, qui ont choisi de s'éloigner d'elle et à qui il n'est rien arrivé de fâcheux depuis, ses filles qui remettent en cause tout son système de défense et de protection en se débrouillant fort bien toutes seules, ses filles qui ont échappé au monde de tendresse et de sécurité qu'elle a tenté d'assembler pour elles. Gloria ne parle plus à personne, son chien même, son affreux chien jaune qui s'appelle Michelangelo parce que c'était ainsi quand elle l'a récupéré, mais dont elle ne prononce jamais le nom, son chien jaune, donc, la comprend sans qu'aucun mot ne sorte de sa bouche. Gloria habite dorénavant dans un territoire sec mais merveilleusement cristallin où aucune crampe aucune arthrose aucun chagrin aucune menace jamais ne l'empêchent. C'est une mer de broussailles et de hauts châtaigniers qu'elle surplombe du haut de sa terrasse, elle sourit en permanence, personne n'a peur des gens qui sourient, n'est-ce pas, elle ne parle plus, elle n'a plus rien à dire, il faut tenir sa langue puisque les choses, quand Gloria les transformait encore en paroles, paraissaient vraiment trop biscornues et faisaient naître des pensées urticantes, inutile de s'entêter, elle n'arrivera jamais à rien formuler avec pertinence et fluidité, alors elle se tait, elle vit sur d'autres cycles, on l'appelle la Marcaggi au Village, ou la Ammutulitu, elle a l'air tellement inoffensive, il n'y a plus rien de féroce en elle, que fait-elle donc de la monotonie de ses journées, essentiellement des balades avec son chien jaune, et elle cultive sans zèle un carré potager envahi de roses trémières, elle hache du persil, des noisettes, de l'ail, tout ce qui peut être haché, elle adore ce geste, précis, perpétuel, sonore, elle prépare des pâtes au ragoût et à la tomate, elle mange des pêches en été et des clémentines l'hiver, petites, sucrées, parfaites, elle lit de la poésie, parce que la poésie n'ordonne rien et qu'il s'agit d'autre chose que de mots, elle a vraiment de plus en plus de mal à supporter que personne n'arrive à la fermer, alors elle médite, assise sous l'auvent de canisse sur le toit terrasse de sa maison, elle met Bartók ou Bach ou du klezmer sur la chaîne hi-fi préhistorique et éternelle du salon, elle médite, ruminer c'est si laid, et elle respire l'odeur du maquis. Il faut dorénavant s'attacher aux choses minuscules, aux figures des lézardes sur le sol, à la tramontane qui fait ondoyer le faîte des arbres, aux carreaux froids et bleus de la cuisine, aux draps blancs en coton si usé qu'on croirait des ailes de libellule, aux ravines remplies de poussière derrière les meubles, au mouvement des nuages, au raffinement de cette tasse en porcelaine avec son ébréchure sur le bord, il faut s'attacher aux détails, parce que leur multitude, avec un peu de chance, fera apparaître un grand motif plein de sens. Et si cela ne se passe pas ainsi, si le motif cosmique reste incompréhensible, alors on demeurera délicatement et acrobatiquement penché sur la prolifération des détails, parce que, lorsqu'on a choisi le silence, on voit mieux, cela va sans dire, et on cesse d'accorder aux choses plus d'envergure et d'importance qu'elles n'en recèlent.

12769

Composition
NORD COMPO

Achevé d'imprimer en Espagne
par BLACK PRINT
le 5 janvier 2020.

Dépôt légal : janvier 2020.
EAN 9782290216958
OTP L21EPLN002674N001

ÉDITIONS J'AI LU
87, quai Panhard-et-Levassor, 75013 Paris

Diffusion France et étranger : Flammarion